U0681715

秦岭的动物朋友

白忠德 著

我的走近，我的书写，
也许要一辈子，也许永远无法兑现。
只好先留下些印迹，
为我们，为秦岭的动物朋友，
珍藏一段甘苦同当的岁月。

中国言实出版社

图书在版编目(CIP)数据

秦岭的动物朋友 / 白忠德著. -- 北京：
中国言实出版社, 2021.12
ISBN 978-7-5171-4012-2

Ⅰ.①秦… Ⅱ.①白… Ⅲ.①纪实文学—中国—当代
Ⅳ.①I25

中国版本图书馆CIP数据核字（2022）第016236号

秦岭的动物朋友

总　监　制：朱艳华
责任编辑：宫媛媛
责任校对：张国旗

出版发行：中国言实出版社
　　　　　地　　址：北京市朝阳区北苑路180号加利大厦5号楼105室
　　　　　邮　　编：100101
　　　　　编辑部：北京市海淀区花园路6号院B座6层
　　　　　邮　　编：100088
　　　　　电　　话：64924853（总编室）　64924716（发行部）
　　　　　网　　址：www.zgyscbs.cn　E-mail：zgyscbs@263.net

经　　销：新华书店
印　　刷：廊坊市海涛印刷有限公司
版　　次：2022年2月第1版　2022年2月第1次印刷
规　　格：710毫米×1000毫米　1/16　11.5印张
字　　数：155千字

定　　价：65.00元
书　　号：ISBN 978-7-5171-4012-2

目　录

秦岭四宝

　　秦岭在中国地理、历史、生物等诸多方面占据着重要地位。生物物种方面，更是让国内外人士刮目相看。这里孕育着世界众多知名的动物，尤其是"秦岭四宝"（大熊猫、金丝猴、羚牛、朱鹮）的存在，更是彰显了秦岭作为一座世界性山脉的内蕴和影响力。

　　大熊猫是当之无愧的稀世珍宝。远在人类诞生前，它就在这个蓝色星球上体验生命的快乐。曾经非常兴盛，从北京周口店，往南向西，一直到毗邻的缅甸和越南北部。随着气候的急剧变化和人类活动的扩大，它们无奈退缩至川、甘、陕的凉山、大相岭、小相岭、邛莱山、岷山、秦岭南坡，被长江众多支流切割出的30多个"孤岛"上，过着孤独的隐士生活。"孤岛"上残存的1864只大熊猫，代表着全世界的野生活体数量。

　　大熊猫，好似人类强势中的强势、第一世界中的一等公民，它就是动物世界的国家元首、联合国秘书长。人类这个自视清高的物种，从来没有给予哪种动物如此高的荣耀，视其为吉祥、忠厚、和睦的象征，用众多美好辞藻来描绘它，令其"登堂入室"尊为贵宾，甚至将它作为最珍贵的国礼相送。它是动物界的大明星，吃喝拉撒、发情婚配、生儿育女，都是人们关注的焦点。美国总统尼克松访华时，中国将熊猫作为国礼相送。《华盛顿邮报》发表评论："周恩来通过可爱的大熊猫，一下子把美国人的心征服了。"作为全球享有盛誉的、最大的独立性非政府环境保护组织之一，世界自然基金会自

1961年成立伊始，便将大熊猫图案作为会旗与会徽元素。从此，地球上有了两面标志性旗帜：一面是管理人类社会事务的联合国旗帜；另一面是保护所有野生动植物的熊猫之旗。

每只圈养的熊猫都被登记入册，拥有自己的国际谱系编号，享受最优厚的待遇。戴丽是世界首例成功接受截肢手术的熊猫，手术方案是经国家林业局批准的，每一只熊猫死亡都要上报各级林业部门。我国每隔10年左右都要对其野生种群生存状况、数量进行一次全面调查。

作为与人类同属的灵长类动物，金丝猴同样珍贵。法国神甫戴维于1869年发现了大熊猫，又于次年发现了金丝猴。这个大家族有五支血脉，川金丝猴、滇金丝猴、黔金丝猴、越南金丝猴、缅甸金丝猴。前三支生活在云贵川，为中国所特有。秦岭金丝猴属于川金丝猴，它们的英俊洒脱，那是没啥说的。你看，它们身体瘦长，尾巴和身子差不多长，柔软的金色长毛像一件金黄色"披风"，色彩绚丽，细亮如丝。两颊和额正中毛向脸中央伸展，露出两个凹陷的天蓝色眼圈和一个突出的天蓝色吻圈，鼻骨退化得没了鼻梁，鼻孔便向上翘起。因为这副尊容，人们也叫它"蓝面猴""仰鼻猴""小鼻天狗猴"。

它们与我们的文明程度最接近，社会结构、情感特点等也相似。以家庭为组成单位，分工明确，尊卑严格，崇尚自由团结互助，全年只在秋季怀孕。一个家庭有一个家长，它的本领大小关系着家庭的荣辱兴衰，享有很高的地位，拥有多个老婆。权力与压力共存，它要带领子民与其他家庭争夺领地和食物，还要防止"光棍猴"勾引老婆、挑战"领袖"地位。任何一个家长显露衰相、不思进取，或贪图权位，或玩忽职守，立即会被年轻体壮的成年雄猴取代。哪怕明知家长就是亲生父亲，也会将其毫不留情地赶走，自己来统领有着生母姐妹的家庭。

如今，人们采取食物招引的办法，把它们请出深山，请到大坪峪、华阳，和我们面对面做朋友。

　　羚牛是一种大型牛科动物，相传是武成王黄飞虎坐骑五色神牛的后代。是亚洲特有种，分为不丹亚种、指名亚种、四川亚种、秦岭亚种，后两个亚种为中国特有。秦岭亚种长相最为威武雄壮，霸气十足，结实的肌肉撑顶着金色毛皮，勾勒出清晰霸气的神态。体形粗壮如牛，四肢健壮有力，性情粗暴像牛，颌下有长须，头小尾短，又像羚羊，故名羚牛。那对大扭角，更是身份与地位的象征。角粗而较长，角形甚为奇特，由头骨之顶部骨质隆起部长出，先向上升起，突然翻转，复向外侧伸展，然后向后弯转，近尖端处又向内弯入，呈扭曲状，故称扭角羚。每年夏季，羚牛从四面八方汇聚到秦岭光头山、药子梁，形成几十头乃至百十头的超大繁殖群，为雄伟瑰丽的秦岭平添一抹令人向往、惊诧的诡秘与神奇。英国BBC、央视高清频道、央视《百科探秘》栏目、奚志农"野性中国"团队、著名野生动物摄影师裴竟德等传媒、摄影机构和个人来这里拍摄，记录羚牛决斗、哺乳、迁徙、交配、觅食镜头。

　　老虎、豺、豹、黑熊，都是羚牛的可怕敌人。豺狗擅于合力捕食，对羚牛威胁很大。如今老虎没有了，豹子也很少，豺也无法成群结队了。秦岭成了羚牛快乐生活的天堂，它们的数量是"秦岭四宝"中最多的。

　　与大熊猫一样，朱鹮的命运也很曲折，它们的故事听起来神奇又心酸。本名朱鹮，又名朱鹭、红鹤、桃花鸟、美人鸟，是东亚地区特有的鸟，被誉为"东方宝石"。20世纪前半叶还广泛分布于苏联、朝鲜、日本，以及中国东部，后来由于环境恶化、栖息地丧失、狩猎等原因，种群数量锐减，至20世纪70年代在野外神鸟突然消失。1981年5月，我国科学家刘荫增在秦岭南麓洋县姚家沟发现了7只朱鹮，全世界数量上升到21只，另外14只生活在日本（5只）和朝鲜半岛（9只）。这两地的朱鹮却是圈养的，中国就成为世界上唯一有野生朱鹮种群分布的国家。它们比熊猫还稀有，已经走到绝灭的边缘。

"像对待大熊猫一样保护朱鹮！"政府采取最严格的物种保护和生态修复措施，当地居民把朱鹮当亲人朋友一样对待，上下一起努力，终于把朱鹮从濒危的境地拽了回来。生活环境舒心了，家庭成员扩大了，它们飞得更远了，叫得更欢了。

朱鹮野生种群的扩大，为人工饲养和野化放飞奠定了基础，先前一些已绝迹的地方，又重新闪现出朱鹮靓丽的身姿。其栖息地跨过秦岭，从长江流域扩大到黄河流域，从东洋界延伸至古北界，生活在以陕西洋县为中心向四周辐射到河南、浙江、四川、北京、上海、河北、广东等地区，以及日本、韩国等国家，总数超过5000只，其中野生种群2600余只，中国境内4400只（陕西境内4100只），日本582只，韩国380只。这都是7只小生命的后代，多么了不起呀！朱鹮受危等级由极危降为濒危，40年的艰辛付出，谱写出一段世界濒危物种成功保护的传奇。

朱鹮性格温顺，素有鸟中"大熊猫"之称，民间将它看作吉祥的象征。那长喙凤冠赤颊，浑身羽毛白中夹红，颈部披着下垂的长柳叶形羽毛，甚是优雅漂亮。它们是爱情专注的典范，婚姻家庭稳定，恪守一夫一妻制"家规"。一方不幸早逝，另一方忠贞不渝，直到生命终结。

生活于秦岭的大熊猫、金丝猴、羚牛、朱鹮因数量少而奇特，被赞誉为"秦岭四宝"。我在秦岭佛坪多次见识它们，感叹它们的优雅、从容、高贵。它们来自远古，来自岁月深处。

史话熊猫

大熊猫，好似人类强势中的强势、第一世界中的一等公民，它就是动物世界的国家元首、联合国秘书长。

大熊猫有着悠久而坎坷的历史，被誉为"国宝""活化石"。早在800多万年前，它就生活在这个奇妙的星球上，"始熊猫"是今天熊猫的先祖，体形只有现在熊猫的一半。然而，我们对它的认识只有145年。大熊猫的称谓曾经模糊而混乱：诸如貘、罴、貔貅、白熊、花熊、竹熊、大熊、银狗、峨曲、执夷、猛豹、虞花熊、大浣熊、杜洞尕（藏）、猛氏兽、食铁兽。古人竟然称之为"食铁兽"，可见它也曾凶猛刚烈，远非今天这么娇憨温顺。《尚书》中称其为"貔"，陆机注云："貔似虎、或曰似熊，一名执夷，一名白狐，辽东人谓之白罴。"古人将笨拙可爱的熊猫与老虎黑熊相并列，对它的敬畏可想而知。

它曾是大熊猫—剑齿象动物群中的一个举足轻重的成员。1.8万年前的第四纪冰期，气候剧变，威武雄壮的剑齿虎、剑齿象、中国犀皆没逃脱宿命，这个动物群中的上百种成员走到了历史的尽头。这些猛兽是怎么消失的，我们不知道，但熊猫知道，可它永远不会告诉我们。反正它们神奇地存活下来，成为自然界的劫后遗老，迄今保留着许多古动物的特征，脑容量小，消化器官简单，骨骼很笨重。

所有生物都在优胜劣汰中进化，奔跑得更快，更加凶猛机智。熊猫拒绝改变，它仍是慢吞吞的，相信总有可口的美味在等着它。然而，可供捕食的物种在一点点绝灭，有一天它不得不面对这样一个残酷现实：可以得到的食物太少了。以其本性，完全有理由像老鹰那样专等着吃腐败的尸体，它却没有老鹰那样敏锐的目光和矫健的飞翔能力。按照生物进化的法则，下一个绝迹的该是它了。谁知懒惰者自有懒惰者的福气，与那些"士可杀不可辱"的物种不同，它背叛了祖辈的食肉准则，选择了吃竹子，成为肉食类动物中唯一吃素的和尚。

熊猫为啥吃竹子？有人说，熊猫打不过食肉动物，也惹不起食草动物，只好改吃谁也不吃的竹子。这个观点恐怕经不起推敲。熊猫斗不过大型食肉动物，但它本性凶猛、个头又大，一般的食草动物像麂子、梅花鹿、香獐、黄羊肯定不是它的对手。这些动物都能存活下来，熊猫要以草为生，想来生活也不会差的。熊猫食竹的原因，只有它自己最清楚。我们知道的是熊猫选择了吃竹子，仅此而已。

大熊猫曾经非常兴盛，从北京的周口店，往南向西，一直到毗邻的缅甸和越南北部。气候的急剧变化和人类活动的扩大，带给它们灭顶之灾。栖息地不断削减，它们无奈退缩至川、甘、陕的凉山、大相岭、小相岭、邛崃山、岷山、秦岭南坡这些被长江众多支流切割出的30多个"孤岛"上，过起孤独凄凉的隐士生活。"孤岛"上残存的1864只大熊猫，也代表着全世界的野生活体数量。

《世界鸟兽志》添列词条"大熊猫"，是1869年之后的事。1869年5月4日，法国神甫阿曼德·戴维把猎手在四川宝兴捕到的一只"竹熊"命名为"黑白熊"，将其做成标本，送到法国国家博物馆。博物馆主任米勒·爱德华兹根据它的外形特点定名为"大猫熊"。1939年，重庆平明动物园举办大熊猫标本展览，由于排版和中文读法的缘故，参观者把标牌上的"猫熊"读成了"熊猫"，从此，"大熊猫"这个现代名称诞生了。

　　称谓确定了，一场大争论却随之而来：熊猫种属归于熊科，还是浣熊科？两派针尖对麦芒，各说各的理，唯有熊猫冷眼旁观。一个多世纪的争论，把大家都整累了，想想在为谁忙啊，于是有了一个妥协的结果，就是让其自立门户——食肉目"大熊猫科"。"熊派"还是略占上风，因为"浣熊派"承认熊猫与熊类关系更近的事实。

　　1961年，世界野生生物基金会（现更名为世界自然基金会）宣告成立，将大熊猫图案作为会旗和会徽元素。从此，地球上就有了两面标志性旗帜：一面是管理人类社会事务的联合国旗帜；一面是保护所有野生动植物的熊猫之旗。

　　人类从来没有给予哪种动物如此高的荣耀，视熊猫为吉祥、忠厚、和睦的象征，用众多美好辞藻来描绘它，令其"登堂入室"尊为贵宾，甚至将它作为最珍贵的国礼相送。每只圈养的熊猫都被登记入册，拥有自己的国际谱系编号，享受最优厚的待遇。作为动物界的大明星，熊猫的吃喝拉撒、婚配、生儿育女，都是人们关注的焦点。

　　旅居澳大利亚的熊猫网网、福妮，只吃当地的一种竹子，要从2000多公里外的澳大利亚其他地方空运过来。生活在德国的熊猫，吃的竹子是用专机从法国空运而来的，还要冷藏消毒保鲜。戴丽是世界首例成功接受截肢手术的熊猫，手术方案是经国家林业局批准的，每一只熊猫死亡，都要上报各级林业部门。

　　憨态可掬是形容熊猫可爱的最高频词汇，大智若愚则是描述其内在个性的最精确词汇。

　　熊猫体形肥硕似熊，脸长得像猫，胖嘟嘟的身子，大大的头，皮毛纯净，非黑即白，白处胜雪，黑处似墨，一对黑眼圈像戴着一副墨镜，脸上似乎总挂着微笑，和蔼可亲，善良厚道的模样；它举止斯文，像绅士一样踱步，拖着肥胖的身体，大摇大摆地走，头埋得低低的；行动缓慢，关节却很灵活，像柔道演员一样做各种动作，高兴时卷成一团，随地打滚，翻筋斗……

这副超萌样，哪能不讨人类喜爱？然而，世界上有比熊猫更濒危稀少的物种，也有种种性情更"可爱"和科研价值更高的物种，却独有熊猫最被宠爱？我认为熊猫的性格特征，是我们所欣赏和喜爱的。

熊猫的肠子没有随之进化，依然保留着食肉动物的长度，比食草动物短，也没有食草动物既可贮藏又能反刍的胃。竹子营养成分少，在体内存留时间又很短，来不及吸收就被排出体外。熊猫只好狠着劲多吃快拉，吃饱就睡，醒来就吃，以维持庞大身躯的能量需求。熊猫专家雍严格说，成年熊猫每天花12—14小时进食，能吃43公斤去壳的竹笋，人工喂养的日进食量可达76公斤，每10—15分钟排粪便一次。

顽固的背后是顺势而为，它们不是和尚，并不遵守吃素不吃荤的清规戒律。为满足口腹之欲，也为强筋壮骨，它们会不定期地吃点肉，以保证营养合理。最大的倒霉蛋是竹溜，这家伙与熊猫争食，又绝对处于劣势。"侵我领地者，杀无赦！"熊猫撞见竹溜，非但不友善，反而"烹而食之"，美美地消受一顿。有时它们吃木炭，舐咬铁器、粘有油腻盐渍的器皿，有的地方志便称之为"食铁兽"。

熊猫为了生存，还选择与身边自然环境相似的颜色。"衣着"清淡素雅，黑白相间，夏天林深竹密，易于掩护；冬天与雪地岩石混为一体，天敌难以发现。熊猫毛粗，里面充满髓质，毛层厚实，毛面含油脂，保温性好，水汽不易透入。这身厚实的"皮袄"，帮它抵抗寒冷，不染风湿不冬眠，还时常在雪地上睡大觉。这庄严的打扮、一身好力气和一口锋利牙齿，对天敌也是一种威慑。

素食主义的熊猫，却不过食草动物的群居生活，是像虎、豹一样独来独往，淡泊寡欲，孤芳自赏，若不到发情期，不与同类为伍。平时不显山露水，一副蹒跚笨拙的模样，真正跑起来快得很，还善于爬树。素常温文尔雅，与世无争，柔得像只猫咪，野外见人不跑，肚子饿了进农家吃喝，生病了向村民求医问药。若遇天敌侵犯，或为领地、爱情相争，也能放手一搏，既恃强斗狠又伏高伏低，勇敢起来，那也是不要命的角色。动物园熊猫曾咬伤游人、扑杀孔雀，野生熊猫闯入峨边县咬死家羊，残留在身上的嗜杀本能让人惊惧；可胆小起来，也有些好笑——这不，秦岭三官庙农户家黄狗巧遇路上溜达的熊猫，"汪汪"几声，就把个头大过家狗几倍的它吓得躲起来。

原本是食肉动物的熊猫，不得已改变了食性，因此却逃脱了灭绝的命运。它们适应环境变化的能力，可以说是一种进化的智慧，亦为达尔文进化论的一种新注脚。我们不能光想着改造自然，也要顺应自然。这一点，我们要向熊猫好好学习。

秦岭有国宝

大熊猫，珍贵稀少，经历悠久坎坷，被誉为"国宝""活化石"。早在800多万年前，它就生活在这个奇妙的星球上，"始熊猫"是今天熊猫的先祖，体形只有现在熊猫的一半，分布在川、甘、陕的凉山、大相岭、小相岭、邛崃山、岷山、秦岭南坡。秦岭自古就活跃着它们的身影，民间称之为"花熊"。1958年是个不寻常的年份，注定要被载入秦岭大熊猫研究史册。这年春天，北京师范大学生物系教师郑光美带领学生到原岳坝公社西河林区实习，寻到杨笃芳当作"特务"打死的"花熊"的皮一张。直觉告诉他，这是一种自己没见过的动物毛皮，遂带回北京，根据头骨标本研究考证，于1964年发表《秦岭南麓发现大熊猫》一文，首次向世界宣布在秦岭发现大熊猫的消息，由此揭开秦岭大熊猫的神秘面纱。

每隔10年，我们国家要对大熊猫进行一次野外普查，这是其他动物所不能享有的"特权"。2011年到2014年，我国开展了第四次大熊猫普查。结果显示全国野生熊猫1864只，四川省拥有1387只，占到74.4%；秦岭地区只有345只，仅占18.5%。这就不难理解，提到大熊猫人们往往想到四川，因为那里是大熊猫的模式标本产地，不仅野生数量最多，圈养数量也最多，约占全国2/3。

秦岭大熊猫数量确实少，但它的个性特点和重要性不容忽略。具体道来，有这么几点：

首先，秦岭大熊猫是大熊猫的重要种群，具有独特的种群进化史，更为古老濒危，更具遗传多样性研究价值。秦岭熊猫与四川熊猫是两个不同的亚种，是"兄弟"而非"子女"关系，这个大熊猫生物划分具有里程碑意义。其次，秦岭是中国野生大熊猫分布纬度最高的地区，种群密度居全国之首，野外可遇见率很高，密集分布区每0.45平方公里1只，而四川王郎国家级自然保护区5平方公里到9平方公里才能达到这个数字，是中国野生大熊猫最有希望生存繁衍的家园。近年来，英国BBC广播公司、西班牙国家电视台、日本NHK电视台，以及中国央视、旅游卫视等众多媒体机构来这里拍摄野生熊猫，甚至四川电视台也舍近求远，来到秦岭。第三，两弟兄在1.2万年前就已经出现了地域分离，使得它们的长相、颜色、身形存在显著差异，专家们打眼就能辨别出来：四川亚种头大牙齿小，头长近似熊，胸部深黑色，腹部白色，下腹部毛尖黑色、毛干白色；秦岭亚种头小牙齿大，头圆圆的，像猫，当然这不是我们家里养的猫咪，是浣熊科里的小熊猫，胸部颜色深棕，腹部为棕色，下腹部毛干白色、毛尖棕色，关键是有棕白色熊猫，显得靓丽娇憨，更是国宝里的"大美人"。再看四川亚种，最长个体1.4米—1.5米，而秦岭亚种最长可达1.7米。最后，秦岭大熊猫的珍贵，在于发现了非常稀少罕见的棕色大熊猫。1985年，是改写大熊猫研究史的一个重要年份。这一年，世界上首只棕色熊猫"丹丹"走进人们的视野，惹得海内外"熊猫迷"们把目光盯向秦岭，秦岭大熊猫一下子火起来。它是在陕西佛坪县发现的，便让佛坪沾了光、扬了名。从那时到现在，人们在秦岭见到棕色个体9次，其中8次在佛坪，1次在洋县境内。毛发为啥如此，有人认为是返祖，有人坚称是遗传。到如今，尚没有让各方都认同的结论。

秦岭成为大熊猫的生存净土、快乐家园，这个栖息地环境良好，种群数量不断扩大，山民们热爱大熊猫，人与大熊猫等动物在这里和谐相处。

它们的平安幸福得益于以下因素：第一，东西延伸的秦岭为大熊猫营造出一片生存的乐土和庇护的场所。秦岭是东西横亘的，高大的山梁作了天然屏障，挡住北方来的寒流，却对东南季风温情脉脉，很大方地让它们从南汉江河谷跑进来，带给这里适宜的气候，冬不严寒，夏无酷热，常年温润凉爽。同时，高大的山体和复杂的地形，营造出秦岭众多的小环境、小气候，错开了竹类的大面积同步开花，竹子不会同时枯萎，大熊猫也就衣食无忧了；山体更阻止了人类前进的步伐，避免了对秦岭的盲目开发。南坡山势平缓，适宜熊猫活动觅食。秦岭草木茂密，有着强大的自我恢复力，为大熊猫提供了良好的栖息地和丰富食物。洞穴是熊猫产仔繁衍的重要场所，林立的险峰与纵横的岩石，构成众多天然石洞或石穴，为熊猫产仔育幼提供了温暖和安全的场所。竹林是熊猫的主食，决定着它们的命运与幸福。这一点，秦岭可谓占尽优势，竹子种类繁多，分布广泛，如巴山木竹、秦岭箭竹、龙头竹，到处可见。20世纪80年代，那场轰动全球的"竹子开花危机"，对秦岭熊猫影响甚微。

第二，秦岭地区的农耕文化很是独特，客观地帮了熊猫。这里开发相当早，人类活动甚为频繁，大熊猫与人们经常打照面，熊猫不怕人，关系很融洽。

第三，人们自发的迁居行为，给动物让出了生存空间。烂店子梁、新店子河、早阳坪、华阳沟、财神岭、李家沟、赵家沟、许家沟、大长沟、小长沟、纸厂坪、窑湾、大城壕、悬马沟、黑沟、小阳坡、瓦房沟、牌坊沟、蒸笼厂、骡马店、野猪档，这些地名都是以前有人户的地方，遗留的房屋遗迹、坟茔可以证明。几百年前，人们迁走了，而这种自发的迁居行为，给动物让出了生存空间。如今，由政府主导的陕南移民、扶贫搬迁，把更多不适合人类居住的地方让给了动物。三官庙户籍人口四五十人，现在只有张安新、何义文、何庆富、何庆贵、李红银五户十一二个人，他们都在大古坪、县城买房或修了房，只有养蜂、收中药材才回来。五年后，这里就没人了，就是动物的天堂了。

最后，秦岭地区建起佛坪、观音山、长青、太白山、黄柏塬、桑园、青木川等10多个国家级或省级自然保护区，以法律、经济或行政手段守卫着大熊猫们的自由、幸福和安全。

完全可以说，佛坪熊猫是秦岭熊猫的缩影和代表。其依据是，文献记载打死的第一只秦岭大熊猫出自佛坪；野外捕捉的第一只秦岭大熊猫来自佛坪；世界首只棕色大熊猫发现于佛坪；秦岭大熊猫野外研究基地、野化培训基地落户于佛坪；著名大熊猫研究专家雍严格是土生土长的佛坪人；佛坪自然保护区是国家林业局直属的以保护大熊猫为主的三个保护区之一，与珠穆朗玛峰一道入选联合国教科文组织世界生物圈保护区网络。

佛坪熊猫数量多，占秦岭熊猫种群总数的四成以上。熊猫生活的地方建起了两个国家级自然保护区，即佛坪保护区和观音山保护区，把县境西北、东北部很大一片勾画出来，供大熊猫舒适、自由、平安地生活。佛坪保护区内的建筑依山而筑，层层石砌环形护坡蜿蜒，座座楼房拔地而起，气势雄伟，绿树成荫，竹篁滴翠，俨然一座城堡，人称秦岭深处的"布达拉宫"。

保护区在西北地区建起规模最大的动植物标本馆——佛坪秦岭人与自然宣教中心。步入其间，尽情领略大自然赐予秦岭生灵的博大、壮美与神韵，就像走进秦岭深处，蓝天如洗，森林繁茂，溪流清澈，野花小草缀着露珠，一片勃勃生机。动物标本栩栩如生，图片风景犹真似幻：憨态可掬的熊猫坐于竹海取食，悠闲自适；毛色艳丽的金丝猴，攀缘腾挪；凶悍强健的金雕，傲视蓝天；金鸡独立，血雉觅食，长嘴鹬回首凝视，赤腹鹰展翅欲飞，白冠长尾雉蓦然止步……

熊猫是世界上温顺的动物之一，人人都想一睹风采。然而，野外看熊猫却很费时费力，要选合适的季节，还要碰运气。有时翻山越岭，风餐露宿，奔波十天半月也难觅芳踪。辛苦劳累不说，还打搅了它们的平静生活。如今，人们可随时随地目睹其风姿——陕西唯一的秦岭熊猫野化培训基地落户于佛坪大坪峪。熊猫们在这里悠闲游荡，上树休憩，抱竹觅食，荡起秋千，池中沐浴，追逐嬉戏。你瞧，这小日子过得多滋润！

秦岭熊猫性情温顺，野外撞见人不怯生，更不会主动进攻。胆子大不说，还熟谙人性，分得清敌我，知道这个世界上谁对自己好。三官庙、大古坪，是秦岭深处的"熊猫村庄"，这儿的人和熊猫是近邻。熊猫经常大摇大摆地走进村庄，造访这些邻居。有时钻进农家厨房，偷吃放在灶头的馒头、稀饭，还把碗碗盆盆的当玩具随意捣鼓。有时闯入牛圈，吓跑耕牛，自己待在里面享清福。一旦有个三病两痛，就向邻居们求医问药，消灾祛病。调皮时招人嫌，可爱时惹人喜，柔弱时叫人怜，聪慧时赢人赞。摊上这样的邻居，又是国宝级的，村民们只好处处让着哄着宠着，自豪中夹杂着一丝丝无奈。

大熊猫是旗舰物种，保护好大熊猫，就能使地区生态得到更多的保护与关注。

竹之缘

肉食类动物中有个唯一吃素的"和尚"，它就是熊猫。熊猫的饮食习惯很特殊，专吃竹子。

熊猫为啥吃竹？有人说，熊猫打不过食肉动物，也惹不起食草动物，只好改吃谁也不吃的竹子。这个观点恐怕经不起推敲。熊猫斗不过大型食肉动物，但它本性凶猛、个头又大，一般的食草动物像麂子、梅花鹿、香獐、黄羊啥的肯定不是它的对手。这些动物都能存活下来，熊猫要以食草本植物的动物为生，想来生活也不会差。偏偏只嗜好吃竹子，个中缘由只有它自己最清楚。我们知道的是它选择了竹子，仅此而已。

由"肉食主义者"转变为"素食主义者"，这个转变非常大，给熊猫带来的影响亦是多方面的。

吃素食的熊猫分类还在食肉目，大概因其肠子仍然保留着食肉动物的长度，比食草动物短，更没有那既可贮藏又能反刍的胃。竹子营养成分少，在体内存留时间又很短，只有17%的碳水化合物被吸收，大部分通过消化道排出体外。熊猫只好狠着劲多吃快拉，吃饱就睡，醒来就吃。熊猫专家雍严格说，成年熊猫每天花12—14小时进食，能吃43公斤去壳的竹笋，人工喂养的日进食量可达76公斤，每10—15分钟排粪便一次。它的牙齿没有食肉猛兽那样尖利，只是朝着切竹子的方面发展。有3对门齿，不发达也无切割能力。吃竹子主要靠大牙臼齿咬断。这种臼齿型不同于熊类，磨面异常宽大，齿根也有所加长，一定程度上保留了祖先食肉的咀嚼能力。

竹林茂密，不易穿行，老虎、豹子在里面行动不便，不易捕食。也许，从始熊猫那个年代起，它们就知道隐居竹林，无疑多了份安全与闲适，第一次尝到竹子的味道而触发前臼齿的变化，逐渐形成便于抓握竹子的前爪籽骨以及易于吃到竹子而缩短扩展的吻部。

熊猫躯体逐渐增大，愈加富态，体型比祖先始熊猫和早期熊猫大一倍多，只是嘴和腿短了些。身体的增长，也与食性密切相关。竹子营养比肉类营养低得多，身躯增大可减少体表面积和新陈代谢率，减少热量的散发和能量的消耗，更好地适应高山寒冷潮湿的气候。

有人说，竹子开花、枯死会饿死熊猫。北京大学教授潘文石持反对意见，认为一种竹子开花，熊猫很容易找到替代的食物资源，除非几种竹子同时大面积枯死。即使栖息地竹种单一，大面积枯死后，它们仍能取食到大量残存的竹子。秦岭熊猫每年对竹林的实际消耗量不超过某一种竹林当年生长量的2%。何况熊猫已存在800多万年，就算竹子60年开花一次，至少也经历了13万次"饥荒"，然而它们并没有走向绝灭。

竹子糖分含量高，易于引起龋齿病。人们伐竹留下的尖利竹茬，熊猫踩在上面会戳伤脚板。啃咬竹竿时，断裂的竹签会扎进口腔，轻者流血发炎，重则无法取食，活活饿死。选择竹子使熊猫避免了灭绝，然而食竹危及食源，又威胁到健康，可谓"智者千虑，必有一失"。

熊猫也并非完全意义上的和尚，不必遵守吃斋不吃荤的清规戒律，有时吃一些野当归、木泽、川芎补充营养防治疾病，舔食含硝盐的土获取身体必需的微量元素，也吃其他动物尸体，甚至舔食行人遗弃的衣服汗渍。要是在竹林遇上竹鼠，会仔细找洞，用前爪拍打地面，迫其出洞，一把抓住，玩一番猫捉老鼠的游戏，这才慢慢地享受美味。别看它样子憨笨，鼻子特灵敏，嗅闻到猎物藏身洞穴，嘴对着用力吹气，用前爪使劲拍打洞穴，将竹鼠震出来。抓住猎物后，并不着急进餐，先在地上逗玩一阵，左掌摸摸，右掌拍拍，吓得竹鼠昏死过去。竹鼠苏醒过来，感觉自己还活着，便打起逃跑的主意，一点一点地悄悄挪动。竹鼠以为自己做得隐秘，瞒过了敌人，哪知熊猫是逗它玩呢。这时熊猫飞快地伸出手掌，把它抓回来，开始新一轮"游戏"。

自然选择的力量，无比巨大。对于熊猫来说，生存是第一要务。从肉食到素食，从杂食到"竹之缘"，熊猫的抉择无疑痛苦而艰难。然而，这一痛苦而艰难的抉择，却使它们拥有800多万年的历史，或许还会有更加漫长的未来。

交流密码

要是在秦岭看到两只大熊猫一前一后相随，做着同样动作，你可千万不要吃惊。

大熊猫做了竹林隐士，内敛沉默，不事张扬，不赶热闹，除了育幼、交配、擂台赛以外，平常独来独往，信奉沉默是金，不发出任何声音。它们把嘴巴闭紧，不也是一种交流方式吗？

大熊猫是近视眼，得靠听觉弥补交流困难，他们能发出10多种叫声，表达亲昵、喜悦、恋爱、愤怒、拒绝、抗议、绝望等情绪，而"咩"叫声甚至烙着性别、年龄信息。

许多动物都有遗留气味作标记的秉性，大熊猫也如此。气味标记，是它们交往相处的最大秘诀，凭借气味彼此相聚或回避，寻觅配偶，护卫领地，传递个体身份、性别、体型、力量。

怎样更快、更好地向异性表白"爱情"，是动物们大伤脑筋的事。大熊猫，却有绝招在身。每年3月—4月，秦岭奏起生命的交响乐与狂欢曲，不论雌雄，都会在生活巢域范围涂抹嗅觉信息，留下"求爱信号"，相互寻找辨认。这些遗留气味标记的树，被大熊猫专家雍严格唤作"嗅味树"。他认为，"嗅味树"的集中处构成它们的"信息廊道"，很可能变成日后的"求偶场"。雌性大熊猫新鲜标记味道有些酸，而雄性大熊猫尿液味浓烈，标记物味淡，潘文石教授称之为麝香味。

　　一只雌性大熊猫匆匆而来，走到树根附近嗅闻气味，背向树干，前爪撑着地面，后爪踩着树干，慢慢挪动身子，倒立树上，屁股朝天，晃动头部，嘴巴半张，撒起尿来。完事后，还不忘剥掉尿渍处树皮，或狠狠抓几下，留下深深抓痕。尿味或浓或淡，酸酸的，夹点麝香味，风儿把气味捎向远处，牵引来一只或几只雄性大熊猫。一只雄性大熊猫，嗅着气味，激动起来，也做一遍相似的功课。它们通过气味标记，找到彼此。双方见了面，就转为声音交流。

　　这种标记，平时用来维护和平，宣示领土主权，警告同性远离，以免发生不必要的争斗，伤了和气。过往的大熊猫，闻到陌生味道，便会自觉地走开。这些尿液还能帮助研究人员收集气味标记样品，进行DNA采样，避免用麻醉等方式造成熊猫的应激反应，影响它们的身心健康。

　　除过嗅觉标记，它们还会在家园周边留下视觉信息，排出粪便，抓剥树皮，咬断树枝或小树，留下抓痕、蹭斑。

走亲访友

大熊猫群聚扎堆，并非桃花源式的"民至老死，不相往来"，这便是大熊猫的社群结构。就是说，每个种群中的个体会受到一个永久或临时社会结构的吸引，力图克服种种障碍团聚到一起。正如美国大熊猫专家夏勒所说，大熊猫个体之间存在某种使它们相互吸引的东西。除雌性大熊猫育幼期及发情期，成年大熊猫过着独居生活，但它们的家园普遍重叠，个体间便有了短暂接触。

潘文石教授曾对18只佩戴无线电颈圈的秦岭大熊猫跟踪研究，结果显示，5只成年雄性平时巡视巢域内的雌性大熊猫及亚成体，5只成年雌性大熊猫则承担着生儿育女的重任。它们历经着"发情—交配—产仔—育幼"的过程，每个周期间隔两年。其中有2只大熊猫，年纪大了，身子不中用，懒得走亲访友，就在各自巢域内寻食养老，打发着最后的光阴，偶尔回忆一下年轻时的浪漫与激情、苦涩与眼泪。

秦岭大熊猫是个大家庭，它们究竟分出了多少个小家庭？由于人类活动及自然地理因素，人们把秦岭大熊猫隔离出6个局域种群，自西向东依次为青木川、太白河、牛尾河桑园坝、兴隆岭（兴隆岭太白山）、天华山锦鸡梁、平河梁。兴隆岭局域种群最大，约277只，栖息于以兴隆岭梁为中心的太白、周至、洋县、佛坪交界区域；青木川局域种群最小，约4只，都在秦岭区域，陕西2只，相邻的四川与甘肃各1只。

　　小家庭之间，相互隔绝，碎片化严重，加剧了生存危机。宁强青木川、宁陕平河梁连通度较低，前者与其他局域种群相距较远，中间无连通的可能性，遭到彻底隔离、边缘化；后者与最邻近的天华山锦鸡梁局域种群最短直线距离11.5千米，其间散布着民居、工程、耕地、公路。平河梁隔离风险最大，加之种群数量偏少，灭绝危险不断增加；而兴隆岭、牛尾河桑园坝、天华山锦鸡梁种群则被108国道、洋太公路相互隔离，熊猫们串门子变得麻烦，不方便。

　　上述论断来自周灵国先生主编的《秦岭大熊猫——陕西省第四次大熊猫调查报告》，是可信服的。而这更要引起各级林业部门，乃至国家层面的重视，打出"组合拳"，把秦岭大熊猫从濒危路上拉回来。

熊猫醉水

对于大熊猫而言，饮水几乎与食竹同样要紧。大熊猫会把它们的家园选在溪流附近，方便畅饮解渴。它们将嘴触着水面舔吸，要是河溪结了冰或被沙砾填没，便用前掌击碎冰层，或用前爪挖出浅坑，等水清了，这才慢慢舔饮。大熊猫喝水讲究多着呢，通常不喝静水，不以冰雪补充水分，最喜活水，也就是流动的河水或泉水。

秦岭民间有"熊猫醉水"趣谈，说的是大熊猫常生活在清泉流水附近，有嗜饮习性，有时不惜体力跑很远的路，也要饮用活水，再折回巢域。要是找到水源，就没命地畅饮，以至于"醉"倒不能走动，像个酗酒的醉汉躺卧在溪边。这个说法，遭到秦岭大熊猫专家雍严格的反驳。

雍严格通过长期跟踪观察，统计饮水数据，得出结论是健康熊猫没有醉水行为，生病的熊猫才嗜水。身体正常的熊猫每天饮水1—2次，每次不超过3分钟，大多只需1—2分钟。要是吃含水量高的竹笋，可以一两天不喝水。

冬春季气候寒冷，食物适口性较差，营养低，那些体质较弱或年迈衰老者，更易患病或受其他动物攻击受伤。患病或受伤大熊猫走动艰难，只好到地势平缓的河谷两侧或农家附近活动，节约能量，方便饮水，或许还能得到好心人相助。要是得了消化道疾病，胃发热，咽喉发炎，进食困难，饮水不仅能解渴止饿，还能排毒、补充体能。这也是千百年来，它们练就的自我疗病本领。

雍严格说，要是在河边或水源附近看到行动迟缓、连续饮水的熊猫，应就近观察其鼻腔、粪便是否正常。大熊猫害了病，鼻腔干燥无光泽，鼻孔周围边缘发白干燥。健康熊猫的粪便表层，敷着层薄薄的透明黏液，还有光泽；而身体不适的大熊猫粪便黏液成团，表面发黄或发黑。遇上这种情况，要及时报告动物保护部门，尽快予以抢救治疗。

冲冠一怒

熊猫择偶很挑剔，有的虽不期而遇，却高不成低不就。雌性熊猫对雄性一定要"情投意合"，否则宁可忍受寂寞，也不滥用"感情"。野外雌性熊猫，只接受擂台赛"冠军"的求爱与云雨。圈养雌性熊猫是"拉郎配"，没有竞争，却讲究缘分，看不上或许是因为年龄悬殊，即使欲火中烧，也要强忍饥渴，绝不苟且敷衍。若是彼此相中又同处发情高潮，便是干柴遇烈火，狂热地拥抱亲吻，翻滚嬉戏，酣畅淋漓。若有雄性不知趣或太急迫，尽管情热似火，雌性却视而不见，这时雄性大发脾气动粗手，雌性轻则躲避呵斥警告，重则脾气暴躁地扇耳光撕咬，后果就颇多不妙。一只叫波波的雄性莽撞求爱遭对方咬伤下体，导致一个睾丸被手术切除，方才保住命根。欲火难耐的雄性必须把自己的本事炫耀出来，那就是力量、灵巧、勇气、智慧与耐力。只有赢得美女芳心，才能抱得美人归。

熊猫平时独来独往，我行我素，与同类不相往来，过着与世无争的"独行侠"生活。要是在野外看到两只以上的熊猫在一起，要么是母子，要么是发情期间雌雄幽会，要么是鏖战擂台赛的"参赛者""啦啦队"。每年3月中旬到4月中旬，秦岭开始奏起生命的交响曲与狂欢歌，雌性抬起尾部，将肛周腺分泌出的动物性动情激素摩擦在树干上留下气味。山风将气味送出去，雄性闻到气味，争先恐后地聚集到雌性身旁。声音也是表达细微性爱的特殊信号，雄性的叫声似羊叫的颤音，而雌性的叫声则像狗吠声。谁都想摘取爱情的果实，实力与智谋成为取胜的关键。先是以声音相胁迫，彼此发出可怕的叫声。胆小体弱经不起威胁的雄性，识相地走开了。若是双方觉得个头差不多，或恃强逞勇，或抱侥幸心理，一场激战就这样发生了。后果是残忍的，抓破脸面、咬烂耳朵、皮开肉绽是常事，甚至使对手命赴黄泉。

熊猫专家雍严格目睹拍摄到四位"男士"争夺一位"美女"的打斗场面。有一年3月，一个雨过天晴的下午，他们在李家沟听到熊猫叫声，空气里弥散着熊猫发情期特有的、类似消毒液的气味。研究人员利用树林做掩护，架起摄像机和照相机，透过树叶仔细观察拍摄激战情景。雌性熊猫爬在油松树上观战，两岁大的幼仔在旁边树上酣睡，两只体型相当的雄性在树下怒目而视，不时发出低沉的吼声，不远处有两只头部受伤、淘汰出局的雄性卧在石台上，发出牛叫的声音，久久地不愿离去。

突然，一阵骚动声传来。树下那两只雄性凶猛地撕咬成一团，酷似狗打架的声音传出老远。美人不断发出山羊般的叫声，像是在鼓劲加油。树上酣睡的小宝宝被吵醒了，好奇地看着大人们决斗。战斗进行了十几分钟，失败者沿着山坡逃去，观战的两只雄性也知趣地走了。勇士面向美人发出"咩咩"的颤音，声音极尽温柔。美人见勇士取胜，"刺溜刺溜"下了树，一路小跑过来，撒娇般地围着情郎转圈圈，情意绵绵地伸出粉红色舌头，轻轻舔舐情郎鼻梁上的伤口。

勇士和美人的爱情之路算是顺利的，而秦岭里另一帅哥的情爱之路就很坎坷。帅哥为赢得美女芳心，在树下苦苦守候九昼夜，最后还打败一情敌，用血泪和汗水谱写出一曲感天动地的爱情之歌。

目睹这一幕的是佛坪保护区高级工程师梁启慧。事后他对我说，那次他们巡山看见两只成年熊猫在竹林里追逐，帅男穷追不舍百般献媚，温柔靓丽的美女不愿接受这份浅薄爱情，无奈爬上一棵大树，卧在四米多高的树杈上。帅男不停地绕着树转圈，仰头发出羊一般的"咩咩"叫声，温柔细腻，有些低三下四。美女却视而不见，毫不同情，竟然睡起大觉来。

就这样僵持了七天七夜。艰苦的煎熬，没有换来幸福的爱情，却遭遇情敌的挑战。帅男不吃不喝守候多日，体力消耗太多，却也容不得情敌摘走成熟之果。为了爱情，为了尊严，它毫不畏惧地迎上去，展开惊心动魄的搏斗。

它们互相用利爪、牙齿和身体，打击、撕咬、扑压对方，从山坡上打斗到谷底，撕咬时牙齿摩擦的声音清晰可闻，狗吠一样的怒吼响彻山谷，所经之处树枝、灌木纷纷断裂，现场一片狼藉。战斗异常惨烈，双方互有胜负，全身是血。狭路相逢勇者胜，帅男渐占上风，情敌逃上山梁，远远地怒吼示威，强忍饥渴，不敢靠近半步。

美女被围困太久，饥饿难耐，对树下发生的一切已提不起兴趣。对她来说，结果是最重要的，她只接受勇士的爱情，懦夫们到一边乘凉去吧。观看了片刻，就偷偷溜下树，钻进竹林觅食去了。凯旋的帅男满怀期待地回到树下，却发现上面空空如也，不知美女去了哪里，垂头丧气地"呆"坐树下……

就在帅男绝望的时候，美女兴致高昂地回来了。它们迅速钻进茂密的竹林，开始温存，享受生命中那来之不易的美妙时刻。然而，这已是第九天的事了。

雌雄双方看似海誓山盟忠贞不贰，实则做的是"露水夫妻"，不等度完"蜜月"，便翻脸不认人，各走各的路，他乡再遇已是陌生客。也许，对雄性来说，以后的事与自己没有关系，它才不做梁山伯呢。生养宝宝完全是妻子的事，真是个极不负责的丈夫和父亲。

要是交配成功，母熊猫就不再找其他的公熊猫，而是安心怀孕待产。妊娠期五个月，每年八九月间，雌熊猫寻得树洞或石穴产下可爱的小宝宝。

雄性为性爱产生的竞争，可以把最强壮、最机灵、最聪慧的基因遗传给

后代，确保种族的纯净与强盛。要是没有竞争，雄性中的弱智、呆笨和畸形者就会与雌性交配，生出比它们自己还呆傻懦弱的后代。这些先天缺陷的孩子，哪经得起大自然的无情筛选，注定要走向毁灭。

熊猫的情爱方式看似残酷，实则聪慧。然而，任何事情都有例外。明星娇娇就拒绝了那只年轻力壮的雄性，却对年老体弱的大豁做出塌腰、抬尾的交配姿势，还发出温情的"咩咩"声。

教子有方

母爱是世间最伟大的情感。熊猫妈妈对子女的爱纯真无私、穿越时空，留下最动人、最铭心的温暖。

熊猫居无定所，哪里黑了哪里歇，常年过着流浪汉生活。只在发情期才和雄性熊猫幽会，结下爱情的果子。雄性却只管享乐，不承担作为父亲的一点儿职责，刚交配完便去云游四方。雌性只好独自承受分娩时的喜悦与痛楚，用圣洁的母爱含辛茹苦地抚养孩子，孤儿寡母相依为命。到了临产期，母熊猫结束流浪，选择一个安全隐蔽的树洞或岩洞，衔来树叶、干草、苔藓铺在里面。临产时，它几乎不吃不喝，甚至干脆弃食，静心等待宝宝出世。

母体大，生的宝宝也大，熊猫却是个例外。熊猫幼崽生下来时只是个胚胎，和妈妈迥然不同，全身粉红色，生着稀稀拉拉的白色胎毛，很像刚出生的兔仔或白老鼠，连眼睛在何处也难以找见。这么弱小的生命，又生在寒冷多雨的秋季，最需要母爱的精心抚育，不能压着冻着饿着，叼在嘴里不敢咬着。熊猫妈妈绝对是模范母亲，宝宝出生一周内，寸步不离洞穴，不吃不喝，用前肢搂住，不停地用舌头舔抚。妈妈用前肢搂抱，使其爬到胸前吮奶。宝宝吃完一边奶后，妈妈用前肢托住，以嘴相助，将其换到第二个乳头处。吃完后，妈妈用前掌和嘴，将宝宝抱起，舔其肛门刺激排便，还把宝宝排出的粪便吃掉。20多天后，宝宝的毛已长齐，妈妈用嘴衔着它到洞外晒太阳，自己在附近觅食，时时留意着宝宝的动静。40多天后，宝宝的眼睛完全睁开。两个月后，宝宝才能摇摇摆摆地走路。3个月时，宝宝跟随妈妈在竹林穿行，有时宝宝走远了，妈妈便发出"咩咩"的叫声召唤。4个月后，宝宝吃完奶，就能爬上树睡觉，发出"哦哦"的叫声，与妈妈联络。别看新生宝宝个头小，叫声却很大，像婴儿啼哭，又似初生小狗吠叫。随着个子逐渐长大，叫声越来越小。两个月后的叫声既不像婴儿啼哭，也不似小狗吠叫，而像羊叫唤。

突然遇到危险，宝宝就会发出响亮的叫声，向妈妈呼救。妈妈飞速赶来，把敌人赶走或叼着宝宝转移；万一脱不了险，就豁出命来抵抗。雍严格说，幼仔发出叫声，妈妈多在两三分钟内赶到洞边，接近洞口时先停下来观察四周情况，看到人或其他动物在洞口，猛冲上来，瞪着双眼威胁对方。看到人在附近时，它会很快赶到洞口叼起宝宝逃离，然后将宝宝藏起来。有时在洞外突然见到人，会向洞穴的反方向跑去，走一段停下来看看，等人走近时再走，最后绕个大圈子回到宝宝身边——它是在转移方向将人引走，玩的是"金蝉脱壳"呢。宝宝夜里吃奶，白天在树上睡觉，妈妈守在树下。幼仔易受天敌伤害，睡在树上自然安全了。那次在光头山，刚下过雨，雍严格突然听见前面有响声，就见一只熊猫从竹林中晃悠出来，身后跟着两个宝宝，你搂我，我搂你，边走边玩，悠闲自在。妈妈却一点儿也不轻松，不时回头张望，警惕着四周的动静。

佛坪保护区党高弟他们野外巡逻时，发现石洞里面住着熊猫妈妈和幼仔。幼仔翻过妈妈的背向洞外张望，妈妈就把宝宝抓到自己背后，一连三次，惹怒了妈妈，遂向宝宝发出"嗞嗞"的威胁声。宝宝吃妈妈的奶，妈妈要吃东西才能有奶。妈妈外出觅食前，先在附近观察一番，确认没有危险，还咬断一株带刺的灌木，拖来挡住洞口。直到妈妈觅食回来，才把灌木移开。

西河保护站站长熊柏泉见到一对熊猫母子在雪地里亲昵，打滚玩耍。后来，熊猫妈妈沿山坡向上缓慢走去，宝宝顽皮地从屁股后面爬上去抱住妈妈前胛部位，让妈妈背着自己踏雪行走。他拍下这温情感人的一幕，用影像记录下野生熊猫的背仔爱仔行为。

大自然是残酷的，只有那些健康的、适应性强和竞争力强的生命，才有可能生存繁衍下来，否则将被淘汰出局。动物的教子之道都很严格，对自己的孩子爱而不宠，讲究方法。老鹰是所有鸟类中最强壮的种族，一次孵出四五只，猎捕回来的食物一次只能喂食一只，谁抢得凶就给谁，瘦弱的吃不到食物只有饿死，使得最凶猛、最强壮的小鹰存活下来。熊猫妈妈也深谙此道，从不娇惯孩子，手把手传授孩子一整套取食、爬树、避险、逃生的生存本领，孩子一旦能够独立生活，便让它远离自己而去。

佛坪保护区科研人员曾目睹熊猫妈妈教宝宝过河的场景：熊猫妈妈在鹅卵石上跳来蹿去，行动甚是敏捷，腾腾几下就过了河，站在一棵桦树下，昂起头，发出像狗一样的低沉叫声。不到两岁的宝宝应声而来，从竹林边径直来到河畔，用前肢拍打水面试探深浅，踩着光滑的鹅卵石准备过河。河中乱石突兀，水流湍急，漫过好几处鹅卵石。几次努力都没成功，有一次差点掉进水里，吓得连忙退到岸边，再也不敢动弹。

熊猫妈妈在河对岸紧张地看着，眼见孩子过不了河，焦急地返回来，与宝宝头碰头呢喃细语，像是教授过河秘诀，宝宝时不时发出呜呜声。妈妈决定领着宝宝过河，一边走一边回头望，鼓励宝宝大胆些。宝宝还是胆怯得很，妈妈过去了，它却从河中间退回去。反反复复好几次，妈妈终于发起脾气来，坐在石头上尖声吼叫，严厉训斥。宝宝见妈妈发火了，吓得缩成一团，再也不敢马虎了。小家伙站在河边足足半个小时，苦苦思索着，最后沿着妈妈蹿过河的地方，踩着妈妈踩过的石头，小心翼翼地渡过河，蹦跳到妈妈身边。看到宝宝的成长进步，妈妈甚是欣慰，轻轻抚摸着宝宝湿漉漉的毛发，头碰头呢喃，一个劲地夸宝宝聪明勇敢。

熊猫妈妈每三年产两胎，宝宝长到一岁半的时候，妈妈又要举行擂台淘汰赛，繁殖新的后代。再度发情前要把长大的孩子赶走，不走就用武力，迫使其离开加入另外的群体，防止近亲繁殖生出痴呆傻笨的后代。雍严格亲眼看见那只叫秦亚的熊猫一岁半了，还赖在妈妈身边，想吃奶想亲昵，妈妈先是用声音威胁，见孩子不听话，火了，一巴掌把它打到三米开外。看来，妈妈是在迫使秦亚独立生活呢。

雍严格还看见熊猫妈妈带着孩子沿着"猫道"上光头山，后来孩子长大了，妈妈想让它离开自己，可小家伙不用带领，也能沿着妈妈走过的路线上山。第二年，妈妈选择另一条道上山，孩子还在重复老路，聪明温柔的妈妈就这样轻易甩掉了孩子。没有暴力，没有呵斥，只用智慧，这位妈妈堪称熊猫世界里最伟大的妈妈。

侠骨柔肠

最近看到一则熊猫咬伤文县碧口镇村民的消息。也许是闲得心慌，这只熊猫大摇大摆来到李子坝村闲逛，引来数百村民围观，大为自豪了一把。兴冲冲走到村民家菜地，与菜地主人相遇，这人没见过熊猫，好奇地愣在原地。它却以为是在故意挡路杀自家威风，遂大怒，咬伤其右脚。

读罢不觉感叹："这'川派'熊猫对人如此不友好，实在有些凶猛霸道，还是咱秦岭熊猫温柔良善！"

秦岭山高林密，人们曾以采摘、种田、狩猎为生，熊猫皮硬难用，肉粗难吃，又不糟蹋庄稼，犯不着捕杀；保护区成立后，加强保护和宣传教育，提高人们的生态意识和保护观念；熊猫栖息地与村民耕地呈镶嵌状态，互相经常打照面，彼此见多不怪，相安无事。熊猫本就性情随和，温柔可爱，又觉得人挺友好，胆子就大起来，不攻击人，也不怕人。野外与人邂逅，它会谨慎地跑开；若在开阔处相遇，它甚至敢和人亲昵。也许它们知道，这个世界上人类是关心喜爱它们的。

佛坪保护区阮世炬、雍严格跟踪一只叫乖乖的熊猫，开始见人来慌忙爬上树躲避，慢慢地不惧怕人了，溜下树进入竹林觅食，后来钻进一个"人"字形岩洞，用嘴啃咬后肢蜱螨止痒。他们折了竹棍帮着瘙痒，它没有反感之意，侧身卧在石板上。他们大胆地用双手接近它的躯体搔痒捉蜱，它显得很乐意。他们又掰来竹笋，剥掉笋壳，送到面前。它也不客气，伸出前肢抓住，放入嘴中，细嚼慢咽。他们把带壳竹笋递到嘴边，它张开大嘴叼住，像吃甘蔗一样用嘴捋掉笋壳，左一口右一口，吃那鲜嫩多汁、味甜可口的笋瓤。乖乖食笋总是从基部开始，他们觉得有趣，故意把笋梢递给它，它娴熟地用两肢倒换过来，贪婪地大嚼起来。他们把竹笋放在石板上，它总是捡取最大的吃，然后光顾小一点的。遇到带有霉酸味或其他动物取食过的竹笋，它宁愿挨饿，闻一下就闭上嘴巴。

三官庙村民何夷栋从小就与熊猫打照面，一只熊猫坐在他家房后石墩上休息，把他母亲吓了一大跳，熊猫却不慌不忙地走进山林。冬天钻进村民牛圈，把牛吓得落荒而逃，它却安然自得地住在里边，离开好几天后牛还是不愿进圈。三官庙保护站的人说，有一年开春村民犁田时，一只熊猫来到地旁，像个杂技演员，一会儿打个滚，一会儿爬到石头上表演"平衡木"，一会儿悠然地打瞌睡，待了很长时间才回到山林。

最近一次人与熊猫的亲密接触，发生在2014年3月11日。那天村民向导李红兴、三官庙保护站工人何明智、从事大熊猫野外研究的韦博士，给三官庙保护站送物资，走到火地坝时发现前方30多米处有只黑白色的动物摇头晃脑地迎面走来，仔细一看是只体态健壮的熊猫。韦博士示意大家停下脚步，给它让路。熊猫也发现了人，稍停一下脚步，继续慢悠悠地往前走，似乎不在乎他们的存在。20米、10米……大家静静地站在步道旁，又紧张又好奇，看着它一步步走近。随行的土狗小黑轻松地观望着，那匹驮东西的大红马把头掉转一旁眯眼休息。走到四五米远的地方，熊猫停下来打量他们，一番思量后转身慢慢走下路边的河道。小黑走上前，不紧不慢地尾随着，目送它走上对面山坡。

熊猫恬静良善，是与老虎、狮子等猛兽对比而言的。毕竟是动物，身上仍有作为野生动物的暴烈、凶猛本性，有些熊猫并不比老虎豹子逊色。吕植目睹过一只叫杉杉的熊猫，将两个试图用大网捉它的年轻山民咬成重伤，熊猫华阳恼怒她手中的相机，怒气冲天地前臂一挥，将一块百多斤重的大石头击下山坡。娇娇与吕植最为相知相熟，孕产期性情很是焦躁，曾抓起一根枯木，放进嘴里一通狠咬，木屑迸溅出老远。有个新来的研究生，曾被娇娇家老二希望追得没命地跑，希望是潘文石他们遇到的脾气最坏的熊猫。

璇璇是一只年轻的雄性熊猫，相貌有些像四川熊猫，脾气暴躁，刚烈凶猛，被寄生虫病折磨得站不起来。农民将它抬到大古坪保护站，关进一间结实的房子里，木头窗框上安插着钢筋。它在里面闹腾着，攀上爬下，见人就抓，没人敢接近，急起来就用尖锐的牙齿啃咬窗框。治疗了20多天还没痊愈，就发情了，欲火中烧的它，有天夜里将窗框啃烂逃回莽莽山林。这是人们没有想到的，本来要把它送到楼观台抢救中心，它却提前逃脱铁笼的羁绊，去追求属于自己的性爱与自由。

一只叫遥遥的8岁雄性熊猫，患有心脏肿大的毛病，叫声大，脾气也大。从三官庙野外抢救回来，不肯打针吃药，见了穿白大褂的医生，更是又咬又抓，曾把值班用的床板、盆子、勺子抓出了洞。临死前，没有一点力气，还是不肯让人摆布。秦岭竟有宁死也不接受人类怜悯帮助的熊猫。

熊猫虽然温柔善良，却有惊人的"自卫"能力。它与金丝猴、羚牛、林麝、野猪们和睦相处，共享同一片蓝天白云、森林河溪。熊猫一般不主动进攻其他动物，但遇到天敌和情敌时，必定奋起还击，毫不退缩，决不"手"软。它有爬树本领，也有游泳高招，更是健步如飞的长跑"健将"。凶猛的黑熊、野猪遇到豺狗都"在劫难逃"，熊猫更与豺不共戴天。它是有对敌作战的策略和绝招的，犹如游击战，打得赢就打，打不赢便跑。平时遇上了，熊猫会迅速爬上树，等敌人走了，才慢吞吞下来；来不及躲避，也敢于交战，大声吼叫喷鼻，似是发出警告。对于一意孤行、胆敢进犯的豺，熊猫挥掌上前，狠狠地教训一番，直至让豺尝尽苦头。遭到豺群围攻，它就爬上树养精蓄锐，豺狗不会爬树，只能围着树转圈，干着急。等养足了神，就快速溜下来，引到开阔处，自己仰面躺下，四脚朝天。豺也是些"拼命三郎"，一看这样子，以为把熊猫吓昏了，就猛扑上来。熊猫是在以逸待劳，只见它一把揪住豺将其按在身下用背揉搓，那豺痛得乱叫乱嚎，鲜血直流，一命归天。另一豺冲上来，熊猫抡起左掌，使劲拍在它头上，这一掌力量极大，击得豺晕头转向鼻青脸肿。再有一豺扑上来，熊猫又抓住它，连撕带咬，将其抛出去，重重摔在地上。豺群遍体伤痕，攻击没有奏效，遂败退而去。

"竹林隐士"平时独来独往，与同类漠然相处。只有在发情的时候，雄性才开始追逐雌性，要想打动"心上人"，必须通过擂台赛这一关。冠军才能享受爱情的甜蜜与幸福，留下后代，延续家族血脉。爱情是自私的，也是排他的。发情期的雄性一改平日的绅士风度，为爱情和尊严，大打出手，互相撕咬，不惜进行殊死搏斗。

叩门问药

熊猫有了伤病咋办？漫长的进化过程，使它们练就了一身硬功夫，还能给自己治病呢。熊猫的常见病有肠胃炎、蛔虫病、皮肤病、龋齿。熊猫感染蛔虫胃里灼热，就到河里喝水，缓解胃部不适。熊猫受了伤，用舌头舔伤口，把唾液涂抹在上面——唾液能消炎杀菌抑制病毒；还到低山区活动，那里气候温和，方便饮水，更省力气。它们更注意疾病预防，平时吃一些野当归、木泽、川芎，这些植物有药用价值可以防治疾病；也舔舐食含硝盐的土，获得一些身体必需的微量元素。

一般的病痛，就这么扛过去了。要是严重了，它们也束手无策，有的听天由命，有的便向人求救。秦岭熊猫通人性，有个三病两痛，就向毗邻而居的"好心人"求医问药，消灾去疼。

一只叫芳芳的雌性熊猫身患重病，卧地不起。保护区接到报告，立即派出抢救小组，乘车到凉风垭，赶夜路走了十多公里山路到达牌坊沟，将其抬回三官庙保护站抢救。

芳芳患齿槽骨膜炎、寄生虫感染、肠胃病，病情严重。人们对它进行精心治疗：先是捕捉身上的寄生虫血蜱，接着手术拔掉一颗妨碍咀嚼的牙齿，还用营养丰富的精饲料和竹笋调理；待体质有所恢复后，又用驱虫药打蛔虫。芳芳一天天好起来，吃得多了，身体也强壮了。一个阳光明媚的日子，保护站职工给它开过最后一餐饭，打开圈门，请回山林。它和人有了感情，不大愿意离开。雍严格用它最爱吃的甜奶粉引逗，一遍一遍地招引，它才恋恋不舍地走出圈门，回过头，又用前爪抓了几下门，以示感谢和告别。附近村民也赶来送行，院子里热热闹闹。芳芳迈着碎步，蹚过院内一片菜地，越过小溪，穿过草坪，蹚过小河，钻进密林。

一个半月后，美国哥伦比亚史蒂芬斯女子学院院长桑普森博士来了，雍严格陪着客人辛苦奔波5天，终于见到漂亮温柔的芳芳。那一刻，59岁的女院长激动得浑身发抖，一下子拍摄了40个胶卷。她兴奋地说："我这次是专程来野外看熊猫的，我原来担心见不上，现在不但见上了，还照了这么多相片。我回去以后要向我的朋友和家人介绍，组织更多的人来这里观赏熊猫。"

六个月后，芳芳又病了，精神不振，牙生龋齿，身上爬着很多寄生虫，极度消瘦。病倒后首先想起了"恩人"，自动跑回来。人们给它服用药物，注射青霉素，喂食大米稀饭、奶粉、白糖，还用给妇女补身体的当归、丹参、天麻炖母鸡补充营养。这次芳芳病得重，连续几天治疗不见好转。

人们心急如焚，查资料想办法。唐新成医生每隔一小时检查一次，彻夜不眠。芳芳上吐下泻，呼吸困难，出现脱水，生命垂危。保护区领导鼓励唐医生大胆治疗，县上还请了两位兽医前来会诊。几千毫升液体由前肢输入体内，两天两夜的紧张抢救，终于把它从死亡线上拽了回来。

一只叫庆庆的熊猫身患重病，卧在三官庙村民唐华秀家门前。唐华秀赶紧跑到保护站报告，保护站紧急施救。痊愈后，放回野外。我后来见到唐华秀，她说，好几只生病的熊猫都是村里人发现的，她们把熊猫看作吉祥物，庆庆是跑到家门前的，她家那年还真是干啥成啥。

一只叫大顺的熊猫病得奄奄一息，躺在原洋县华阳林场采育一队灶房附近。工人们将它转移进房子，熬稀粥喂，它勉强吃了一点。那时北京大学潘文石教授在华阳研究熊猫，赶紧对大顺进行精心治疗。恰逢布什动物园主任吉瑞·兰兹和兽医约翰·奥尔森来到潘文石的驻地，也激动地参与进来。大顺伤口开始愈合，食量大增，身体恢复很快。或许是对人类产生了依赖和信任，或许是自感年迈体衰需要人类帮助，大顺放归后天天游荡在农舍田园附近，就是不肯回山林。两周后，大顺再次犯病，体温偏低，极度饥饿，又跑进村子卧倒在村民屋檐下等待救援。

贵客来访

张安新住在三官庙保护站后面,我两次采访过他,便成了朋友,说话没了距离。说起熊猫,老张就像谈论自家孩子一样随意亲切。

他说,冬天的时候,动物们会迁移到低海拔的河谷地带觅食喝水,野猪会选择开阔向阳的地方,将积雪覆盖的泥土翻得七零八落,羚牛沿着山梁和小路觅食枯草和嫩树皮,熊猫也来到竹子茂盛、地势低平的山沟、村庄附近。

有一次,他清晨打水,刚转到屋后,就见一只熊猫在丈把远的水井边转悠。他轻手轻脚地过去,打水声还是惊动了它。它抬头望了一眼,见老张原地未动,也不再惊慌,蹒跚着走进树林。曾有一只熊猫迷了路,困在他家猪圈里,两口子二话没说,上山砍了竹子来招待。吃饱了,睡够了,临走时还回头望了望,算是对主人盛情款待的感谢吧。有时来了记者,就把摄像机架在他家门口"守株待兔",拍到了熊猫,也拍到了羚牛、黑熊、野猪、毛冠鹿、锦鸡……

老张给我讲了熊猫耀耀来家里"做客"的事。说起耀耀,老张这个瘦削、热情、精明的汉子,脸上多了自豪与欣慰。那是3月底的一个晚上,天空飘洒着雪花,夜里9点多,他摸黑起来上厕所,走到堂屋门口,听到厢房传来一阵响动。老张知道有动物"登门夜访",转身回屋拿手电筒。开始以为是鹿子什么的,等他来到厢房,拧开手电筒一看,着实吃了一惊。原来是一只黑腰围黑眼睛身躯灰白的家伙，见到人和光亮，可能感觉到身边这人没敌意，并没有逃走，只是拼命朝厢房角落蜷缩，嘴里不时发出"哼哼"叫声，看样子身体不舒服。

张安新说，熊猫就和自家孩子一样乖巧。

"熊猫生病了——"老张这样想着，顾不得上厕所，叫醒妻子九香，冒着飞舞的雪花，招呼这位踏雪来访的"客人"。老张拿上柴刀，跑到后山坡砍来一抱新鲜嫩竹，九香到灶间生火，熬了一大锅稀饭，把平时舍不得吃的白糖全撒进去。他们把稀饭倒进盆里，这家伙太饿了，凑上前去，呼哧呼哧喘着粗气，大口大口地吃，头也不抬地吃。他用手电筒照，它不理会，还凑近身旁摸了一下硬得像猪鬃似的皮毛，它耸了一下腰。这下可把九香吓坏了，心跳到了嗓子眼："二杆子，这是野兽哩，小心发威哩……"

他又轻轻地摸了一下熊猫，它仰头望了一眼，又很快低下头，把嘴伸进盆里，继续享用"美餐"。吃完一盆，老张又盛一盆，依然不管不顾，只是专注地吃，直到把一大锅稀饭喝个精光。之后，又吃了点新鲜竹叶，才倒头大睡起来。

怕出啥意外，他让妻子盯在跟前，自己连夜跑到保护站通知工作人员。第二天，他们用笼子把它送到陕西省野生动物抢救中心。因为救助及时，它很快康复，后来取名耀耀……事后老张说，熊猫的皮毛硬得很，扎手呢。他也后怕，幸亏熊猫没发怒，要不就很危险了。

熊猫惹人喜爱，黑白相间反差强烈的毛色起着很大作用。熊猫仔仔是黑处胜墨，白处似雪，纤尘不染，惹人怜爱。

熊猫幼仔天生漂亮可爱，就像迎春花的金黄是自染的。成年熊猫整天在山野竹林里逛荡，难免粘上草屑尘土，要想干净体面怎么办？爱美的它们自有窍道：选择暖和的天气溜到溪沟里，扭扭胳膊伸伸腿儿，在清格凌凌的溪流里畅游几圈，洗刷得干净清爽，再到阳光下晒个"日光浴"，舒服极啦。

张安新曾目睹一只成年熊猫的沐浴过程：那是3月下旬的一天，他正沿溪流而上，准备到东沟察看熊猫活动。突然惊讶地发现，在一个深不过膝的水潭里，一只熊猫正在洗澡。它用前肢给身上泼水，偶尔全身猛扎进水里激起朵朵水花，时而笨拙地在水里行走，时而斜倚着石头休憩。平生第一次看到这种情景，张安新非常激动，蹑手蹑脚地悄然离开，飞奔向保护站，向在那里搞科研的雍严格报告。雍严格野外跟踪、研究熊猫30多年，从没听说、更没见过野生熊猫洗澡。

十几分钟后，雍严格他们跑到水潭边，熊猫已经沐浴完毕，离开了。他们有些失望，这时林区水泥路边竹林一阵晃动，"噗嗒噗嗒"走出来一只湿漉漉、憨头憨脑的熊猫，两只黑牡丹似的大耳朵机警地直立着，一对温和的眼睛不时地四处打量。他们迅速趴在地上，慢慢移动到竹林边隐藏起来。熊猫见四下无人，踱着"八字步"，慢腾腾地走上水泥步道，边走边抖落身上的水珠。后来，索性睡在上面，四肢伸展，前肢抱着头，快乐地打起滚来。洗澡耗费体力，它有些疲倦，便躺在路旁土坡上晒太阳，前肢抱着肚皮，后肢悠闲地架在树干上，跷着个二郎腿，活脱脱一副大爷模样。

它小睡了一会儿，再次走上水泥步道，就发现前后都有摄像机和照相机。它似乎见惯了这一切，既不显惊喜，也不恐惧或目露凶光，时而蹲坐，时而回望，时而小跑，就像在拍艺术照，不停地变换着姿势。见到这副架势，他们按捺不住激动，纷纷站起来拍摄，架起三脚架，从容地换镜头。持续观察拍照20多分钟，"日光浴"享受够了，体毛干了，这才扭扭身子，慢悠悠地踱着步子，往茂密的竹林走去，还不时回头望望，似乎向他们道别呢。

张安新讲这些事的时候，语气格外平静："大山里就我们一户住得最远，熊猫是我们的好朋友，帮助朋友是情理中的事……"

熊猫进"城"

　　秦岭山里有一座遗弃的县城，叫老县城，原是佛坪县的旧县城，早先地名叫佛爷坪。偌大的一座城中目前仅住着9户农民，有一个大熊猫保护站、文管所，两座清代房屋，还有一家小店，其余皆为农田。农田中，随处可见苍翠的古柏、壮观的松塔、硕大的石碑，以及残留的碑刻、塔基、晨钟、城砖。

　　这儿距离周至县城120千米，有一条公路盘绕翻越秦岭梁，与外界连接。梁顶立有秦岭界碑，隔了黄河长江，一条往北走，一条朝南跑，老县城便在岭南了。

　　站在秦岭梁顶俯视，老县城一派祥和安静，蓝格莹莹的河水缓缓流淌，阳光下满山的红桦翻着皮晶莹透亮，茂密的树林郁闭天空，看不到裸露的地方，像是穿着齐整的青年，迸发着活力与阳刚。老县城所在这片地区，成员最多的，不是我们人类，而是动物居民了，它们是这片土地真正的主人。

　　老县城被秦岭山中的周至、佛坪、长青、太白山国家级自然保护区包围，是极为重要的大熊猫走廊带。前些年，这里建起国家级自然保护区，老城内设了一个保护站。偏远闭塞，生活艰辛，工作枯燥，保护站工作人员却不抱怨，他们把保护站当家，把熊猫当亲人，乐意做秦岭动物的保护神。

　　这儿人没动物多，又有"娘家"壮胆，动物们就不怕人，胆大的还到城里来游逛。熊猫最是温柔，也最聪明，知道自己的身份尊贵，成了这儿的常客。

　　有一年四月，一只传说中的"食铁兽"晃悠到村民冯钢娃家。它是来串门子的，大摇大摆地走进冯家灶房，实在是饿极了，见到锅中剩饭，就是一阵狼吞虎咽，咥饱了肚子，这才抬起头来，温柔地打量着阁楼上的孩子。楼上躲着冯家孩子，时年十五岁，见熊猫进了屋，吓得爬上梯子，钻进屋顶阁楼。他在那里待了半天，不敢下来，熊猫也赖着不走，这儿闻闻那儿看看，一副领导视察的派头。冯家儿子憋得受不了，见熊猫没有离开的意思，就从楼顶上下来了，大着胆子摸摸头，搂搂肩膀。熊猫也不躲，就像自己的伙伴，配合得很好。家里来了珍奇国宝，冯家惊喜万分，赶紧去保护站通风。人们兴奋得很，像蜂子一样拥来，大熊猫不好热闹，不想待见这帮家伙，悄悄告别了一起玩耍的孩子，钻进屋后林子里，没了踪影。

几年后，有一只熊猫耍个胆大，嫌屋子太小，摆不开架势，干脆逛上城墙，为自己挣足了面子。那天早晨，老县城村书记吕志成没事在街上转悠，一只熊猫爬上东门城墙，也在闲闲地溜达。他俩撞见了，老吕下意识大喊："猫——猫——"

像一锅沸腾的水，烫化黎明前的宁静。保护站站长蔡安刚起床，听到街道上传来惊喊，没多想，抓起相机狂奔过去。

闻讯而来的人们，把目光聚拢到一个方向——东城墙。那只熊猫在城墙上由北向南走着，散漫地迈着碎步，一边走一边好奇地东看看西瞧瞧。蔡安跑到城墙根边，想挨近些，它却淘气地扭动着笨拙的身子，爬到城门楼上，居高临下地扫视一切，板着满不在乎的面孔。

老县城卧在秦岭深处，山大路远，平时没啥新闻，日子过得寡淡，像是吃着没盐的饭。突然来了一只"花熊"，便让人觉得新奇，以为发生了轰动性大事。人们都往这里跑，连狗也兴冲冲地跟来，围观的村民越来越多。平素独来独往，哪里见过这阵势，熊猫成了"人来疯"，竟然即兴表演起来。先是在城门楼上来回打了两个转转，选好位置，朝着外城门口的方向，纵身一跃跳到地上，引得人们一片惊呼。然后不紧不慢地站起来，轻松地抖抖身上的尘土，炫耀似的回头望了望，转身穿过城门洞，朝城里走去。

人都围拢过来，熊猫这才意识到事态严重，耍二杆子对自己没好处，钻过路边的篱笆跑进玉米地。蔡安虔诚地跟在身后，距离不断缩短，最后他是一伸手就能摸到熊猫毛茸茸的屁股。熊猫没有惊慌失措，淡定地回过头，嗔怒地看着他。直到身边同事大声喊"快拍照"，他才想起手里拿着相机，慌忙对着熊猫"咔咔咔"按下快门。

熊猫却不理会他的狂拍，加快脚步，一刻也不消停，穿过玉米地，越过南城墙，消失在城墙外山林里。他痴痴地看着熊猫的背影，开始生出一些懊恼："熊猫表演的时候，咋就没给留下一张剧照……"这都怪熊猫表演太精彩，让他犯了傻，错过这么个好机会。猛然想起同事李祥丰也拿着相机，便把希望寄托他身上，就在人群中搜寻。人是找见了，却见李祥丰也大张着嘴，朝着熊猫消失的方向痴痴地望着，手里拿着相机，镜头盖都没打开呢。

熊猫走了，围观的人群久久不愿散去。熊猫经常逛到老县城，唯独这一次最精彩，最叫人难忘。蔡安很是欣慰——这是他们几十年如一日辛勤付出、呵护生命所取得的成果。老县城的熊猫活动范围在扩大，种群数量在增加，人与动物的感情在拉近。我的脑海里突然闪出一只熊猫，它叫城城，是在这儿得到救助的。

那年冬天，一只两岁大熊猫，受伤虚弱，躲在一棵桦树上。他们就在附近巡山，那个黑白相间的家伙在树顶闪了一下，引起他们警觉，仔细瞅着，那家伙突然转了个身，一个毛茸茸、黑白色皮球出现在眼前。"是只熊猫——"他们兴奋起来，不顾一切地奔过去。冲下斜坡，跑到沟底，爬上对面斜坡，激动冲散了疲惫，很快跑到桦树下，仰头望去。桦树顶部树杈上趴着只亚成体，一条腿无力地晃动着，滴着血，树干、树下雪地上留着斑点血迹。小家伙惊恐地看着树下几张陌生面孔，试着爬动，却又无力下来。6个多小时后，救援人员赶来，大家拿来一张网，把小家伙弄下来包了起来，轮流抱着赶往保护站，却遇到了过河难题。

塔儿河是老县城最大一条河流，宽四五米，曲折曼延20多千米。河水冰凉，难以涉足，怎么带着熊猫过河？有人想出了"击鼓传花"的点子，大家挽起裤腿，一个挨着一个，站在冰冷刺骨的水中，搭起一座"人桥"。冻得人上牙磕着下牙，双腿不听使唤地打战，可都硬挺着，将受伤熊猫从"桥"上传递过去，慢慢运到对岸。伤好后，城城到佛坪生活了几年，后死于犬瘟热。

大熊猫也是"人来疯"，串门子更是上瘾，这不几年后又来了。秋季的一天，保护站职工陶清华吃过午饭，散步到西城门，听到一群喜鹊和几只乌鸦围着云杉树乱叫，遇见村民孙有雪对他说，树上有只大熊猫，他赶紧跑过去。果然，距地面20多米处，一只大熊猫蹲在树杈上，调皮地四处张望，树下已有围观村民和来此采风的摄影家。云杉树又粗又高，很难想象100多千克重的熊猫，竟然能轻松爬上去，真不愧是爬树高手。

村民越聚越多，嘈杂声大了，担心惊吓了熊猫，保护站李祥丰让人们撤到几十米外大路上。他们找来一张网，四角固定着，悬在树下四尺高处，张好大网，防止它掉下来时受伤。几分钟后，这家伙呼呼大睡起来，鼾声像解板子。

落日余晖，把老县城镀上一层金色光芒，山峰染成褚石色，黄昏里颇有一种油画质地。看不见日落西山，却欣赏到被夕阳染色的云霞，由远及近，由亮到暗，熏染出黄昏的冷艳温柔。

天黑了，村民陆续离开，保护站工作人员两人一班，轮流守候，隔一会儿就往树上看看。大熊猫身体有病，会到人户家寻求医治；遭遇猛兽威胁，也会爬上树避险。他们推测，它极有可能是身体有病或被猛兽追赶，无奈之下，攀上了大树。凌晨2点50分，突然没了动静。他们急忙用手电筒照，树上空空的，不知啥时它悄悄溜下来，不辞而别了。

秦岭金丝猴

说句老实话，所有动物中，我最喜欢的还是金丝猴。

我多次去佛坪大坪峪，目睹着金丝猴的调皮活泼，感叹它们是灵长类大家庭中最聪慧最灵性的成员。

金丝猴与我们同属灵长类，有着很多相似的社会结构、情感特点、性爱需求。金丝猴过着群体生活，个体生命与群体生命高度合一，以群体性生活为前提。一个猴群有几十只到上百只，大的群体达数百只。人类以家庭为基本组成单位，金丝猴亦如此。每个"家庭"由老年、中年、青年和幼仔组成。群内分工明确，尊卑严格。家长身份威望最高，由一只激烈打斗获胜的公猴担任，既享受特权，又负有保护家小之职。家长本领的大小与群猴的兴衰关系很大，家长英勇顽强，骁勇善战，遇有敌情，总是奋不顾身，冲锋陷阵。臣民们对它非常敬畏，唯命是从，常常敬献食物、套近乎。"望山猴""哨猴"次之，成年母猴和新进门的猴子地位最低，哺乳期幼仔最受优待。家长凭借健康强壮和魁梧勇猛击败对手获得妻妾，很像古代的帝王，妻妾成群。家长喜新厌旧，或力不从心，或妻妾争宠，就给了离群索居的光棍猴机会。母猴"冷宫"寂寞难耐，又被"美男"勾引，实在挡不住诱惑，便另寻新欢。

金丝猴全年过性生活，有周期性月经，只在秋季发情受孕，其他日子安全无事。交配季节，雌猴脸上有明显的求偶表情，常常主动接近雄猴，将臀部转过去，匍匐于地面，等待着性爱的降临。爱情热烈浪漫，柔情尽显，雄、雌猴常常互相拥抱，抚摸理毛。

金丝猴的气性很大，要是被关进笼里就会绝食以死相抗。人们喂给食物，家长一旦拒绝，群猴谁也不会动一口的。这些崇尚自由的生灵，将落入人手视为耻辱，它们有一条很朴素的观念：不能自由地活着，还不如死去，绝不干苟且偷生的事。

聪明的猴子明白，在危机四伏的森林里，团结友爱互助才是自己平安生活的首要法宝。成员之间相互关照，一起觅食，一起玩耍休息。家长很爱护臣民，很少呵斥惩罚部下，上蹿下跳，与妻妾爬跨、挠痒、理毛，借以安抚后院。对待子女，显得很宽忍，抱抱这个又抱抱那个，充分显示它的尊长地位。它们和睦相处，爱护老幼病残，伙伴生病或受伤，其他猴子会争着上前救护。向导曾见过一只母猴被绳索套住，它发出求救信号，大小猴子们蜂拥而来，咬断绳子，一只大公猴背上它疾飞而去。一群金丝猴过河，负责看管幼仔的哨猴粗心大意，让一只幼仔掉进河里，家长顿时大怒，狠狠地扇了哨猴几个耳光，还命令它下河把幼仔捞上来。

金丝猴家族"长幼有序"，对"长者"很是孝敬。有了食物，必先让老猴食之。寻得野果之类的美味佳肴，群猴攀援上树，由幼猴采摘，传递给蹲在树顶的老猴吃，余下的方才分食。谁敢违反"规矩"，老猴未吃而自己先食，定会受到"家法"惩罚。金丝猴的友善、孝顺内外有别，猴群之间却是寸土必争，寸利必得，胜者称霸，独享领地、食物。

猴群不相信眼泪，力量是第一发言权。丛林世界，一切原则服从种族生存原则。种族生存、繁衍是根本利益，任何个体利益都必须服从于这个大局。任何一个家长显露衰相或不思进取或贪图权位或玩忽职守，立即会被年轻体壮的成年雄猴取代。哪怕知道家长就是生身父亲，也会将其毫不留情地赶走，由自己来统领这个有着生母姐妹的大家庭。

　　现在秦岭金丝猴的天敌已经很少了，主要是豹子和金雕。与自然界的天敌相比，人类才是它们最大、最为凶残的敌人。金丝猴的敏捷、温顺、拟人，赢得我们的喜爱。然而，人类的贪婪和掠夺，却导致它们被猎杀或失去栖息地，数量越来越少，分布区域越来越窄。这些聪明可爱的精灵，退到了高山峡谷，退到了荒寒之处，已经没有退路了。我们应该让出一些曾经属于它们的地方，善待它们，保护它们。它们的存在，也让我们不再孤独。

叩访金丝猴

三官庙瓦房沟里有一群金丝猴，七八十只呢。这天我们早早吃过饭，专门去拜访。

熊猫专家雍严格最近在博客文章《王者风范》中写道："每一个猴群是由若干个家族群组成，而每一个家族群中却有一个年轻力壮的雄性头猴，头猴不是通过打斗而获得权力的，它们是以繁殖能力而占有这个家族群的。"

我觉得这是个重要的发现！"头猴不是通过打斗而获得权力的"，那"繁殖能力更强的年轻公猴"是如何代替"繁殖能力下降"的头猴？没有武力地和平接班吗？

它们也是"社会性"生存的动物，个体生命与群体生命高度合一，部落的群体性生活成为其个体存在的形式。一两只金丝猴脱离团队的下场很可怕：要么孤独忧郁地死去，要么成为天敌的美餐。

爱情是热烈浪漫的，雄雌猴常常互相拥抱，抚摸理毛。有时雌猴也放下高傲的架子，引诱挑逗雄性，抬起臀部，亮出隐私部位，召唤着雄猴。

金丝猴的气性大，嫉妒心也重，动物园里有只老年公猴丧失生育能力，无意中撞见妻子与另一公猴偷情生子，盛怒之下掐死"私生子"。

聪明的猴子明白，团结互助是它们平安生存的首要法宝。村里一位喜欢金丝猴的农民抱回走散的金丝猴幼仔，结果引来100多只金丝猴把他家包围起来，两天两夜不肯离去，直到那村民把幼仔放了，才撤回山林。吉林某动物园一只猴子逃跑时遭电击致残，受到家长的多年照顾。猴子们向来不安分，喜欢吵嘴打架，却极少欺负它。偶尔遭到侵犯，家长就会严厉制止。这位"猴坚强"也极聪慧，懂得自我保护，见到猴子们生了是非动了拳脚，赶紧躲开，吃食时不争不抢……

清晨，鸟儿又开始举行盛大音乐会，微风阵阵，吹皱千沟万壑碧绿的竹林树叶，红彤彤的朝阳映出它们纵横交错的叶脉。沟谷险峻陡峭，我们走得气喘吁吁，有些上气不接下气。衣服割破了，皮肤划破了，头发里满是尘土树叶的碎屑，衣服裤子被汗渍浸得硬邦邦的。面前是一条小溪，像一条银白色的绸带在山谷里飘摆。轻轻掬一把润湿干渴的嗓子，洗了面颊上的汗渍污垢，甘甜爽口的河水浸润着肌肤里的每一个细胞，舒适惬意，飘飘欲仙，忘掉劳累饥饿、被树枝划破或被马蜂蜇后的疼痛以及撞见秦岭蝮蛇的后怕。

跨过小溪，钻过密林，在一片阔叶林下觅到猴子活动的踪迹：到处是它们扬弃的树枝、新鲜的枝叶、没有成熟的浆果、算盘珠似的暗褐色粪便，高亢、爽朗、尖利的喧哗声此起彼伏。我们爬上一棵粗壮的桦树，攀到枝桠上，双腿绞着，双手搂着，生怕掉下来。风吹动了大树，我们也随着摇晃，心提到了嗓子眼。

向导轻声叫道："快看——"顺着他的方向看去，对面山坡丛林中有一群金丝猴，正在戏玩，采食树枝嫩芽。我激动地朝猴群奔去，老何急喊："别急，那样会惊动猴子的。我从前面截住，你们从后面跟踪。"我们什么也不顾，冲下陡峭的山谷，爬上山坡，翻过两座山岭，我们就被那"啊呜、叽叽"乱叫的猴子团团围住，陶醉于这奇异的热闹中，仿佛也是一只"猴王"。

头顶不断有树叶飘下来，枯枝的断裂声连同群猴的呼叫声混成一团，震耳欲聋。透过浓密的树叶间隙，我们看到70多只金丝猴，老、中、青、幼皆有。一只大公猴神态惹人注目，体格高大，目光犀利，威风凛凛，颇有霸气，背部毛色格外金黄，柔长飘逸。三只哨猴借着树枝的弹性，在20多米高的树梢上敏捷从容地跳跃，一荡一跳可达六七米。它们不时地站立树冠顶端，手搭凉棚东张西望，神态酷似侦察兵。向导轻声说，金丝猴性情机警多疑，每到一处总要派出几只雄猴攀上树顶警戒，其他成员则放心取食，或追逐嬉戏。发现危险时，警戒的雄猴会立刻发出"呼哈——呼哈"的报警声，成员们立即大声呼应，有秩序地撤退，绝不慌乱。

日挂中天，林子暖和起来。它们在高大茂盛的树上如履平地，非常敏捷，蹲踞俯仰，攀爬跳跃，追逐打闹，挠痒理毛，打盹休憩。几只小猴儿在枝丫上跳来荡去，昂首身体斜倾，前肢向前上方伸展，后肢持蹬踏的姿势，长尾飘飘，阳光勾勒出它们毛茸茸的轮廓。有时候，攀援至树顶梢，突然空翻向下，接连几个腾空翻，然后抓住最底层的枝丫，再腾跃到另一棵树上。小猴儿把练武艺抓得紧，大部分时光用来腾挪跳跃，实在累了才回到妈妈身边休憩吃奶。妈妈伸出长手一抓，拎起往怀里一揽，便给孩子喂奶。妈妈奔走觅食时，孩子抱住妈妈的腹部，不分不离。我们惊讶地发现，妈妈多了个"包袱"，却看不出丝毫的沉重，依然是那么欢快飘逸。几只成年猴抢着抱一只小猴子，把小家伙逗得哇哇直叫；有两只猴子一会儿依偎，一会儿拥抱，在谈情说爱呢，几只小猴子不甘寂寞，蹿到面前挑逗，被它们赶跑了。一只形体健壮、毛色漂亮的金丝猴从这个树枝荡向那个树枝，前肢拉住树枝用力摇晃，弯曲后肢猛力蹬脚，借助于树枝的反弹力，一个鱼跃蹦入空中，扬臂收腹，眨眼间跳到五米开外的一个树枝上。后肢刚刚触到新枝，还未站稳，早已伸出前肢，飞快地抓牢另一树枝。猴子们纷纷让道，轻声呼唤，点头哈腰。向导说，这是猴群的家长，大小猴子都听它指挥，走到哪儿群猴跟到哪儿，十分威风。老家长被新家长打败后，常常被赶走，孤独凄凉地死去。

看得兴致正高，不知谁"咔嚓"踩断了一根枯枝。哨猴发现了我们，发出"呷呷"的紧迫叫声。猴群立刻骚动起来，小猴子惊叫着往母猴怀里钻，母猴慌乱地向公猴跟前凑，公猴神情紧张如临大敌，家长神情冷峻，登枝眺望察看动静。片刻后，它一声吼叫，一猴叫，众猴应，整个猴群一片喧嚣。呼声、叫声、号声响成一团，沸腾了山谷，惊飞了鸟儿。哨猴领先，母猴抱着小猴居中，公猴断后，扶老携幼，呼朋引侣，蜂拥而去，攀跃如飞，呼呼呼狂风骤起，在阳光的照射下，就像一道道金色的闪电，伴着新枝断丫声弹跳得不见踪影。等我们再次听到"喔——喔喔"的家长呼叫声，猴群已集中在前方很远的那个山头上。不久，家长确认无异常情况，发出"哎哝——哎哝——"音调和缓的叫声，仿佛下令臣民自由活动。

当天晚上，我们宿在保护站，几个同伴头一挨枕头睡着了。我睡意全无，央求着向导去找那群金丝猴。向导拗不过，只得答应。我们蹑手蹑脚地在林间穿行，借着微弱的月光，悄悄挨近了金丝猴，相距不过10米。

猴群栖息在一棵棵高大茂盛的树上，周围是一片开阔地，生着矮小的灌木和杂草。仔细搜寻，才发现它们藏在树叶掩映下的树桠间睡大觉，有的双手抱于腹前，有的手拉或脚蹬树枝，有的背靠树干，有的抱住树干，平躺的、骑树的、侧身的，小猴则面对面手拉手。金丝猴就连睡觉的姿势都挺有意思的。

向导悄声说，金丝猴还有隐秘呢，我们从没见过野生金丝猴的分娩和死亡，它们将一生中最重要的两个关口隐藏起来。我想，这也许就缘于它们的灵性和智慧，保留着自己的隐私，不被我们穷根究底。

猴闹大坪峪

　　大坪峪叫人着迷的有大熊猫，还有金丝猴，一百多只呢。我多次去过那里，目睹着金丝猴的调皮活泼，遂感慨它们是灵长类大家庭中最聪慧灵性的成员。

　　法国神甫戴维真是了不起，发现了熊猫，还发现了金丝猴。1870年，也就是戴维发现熊猫的第二年，他有幸见识到这种靓丽活泼、灵性可爱的深山隐者，一下子惊呆了，就把感慨写进了日记："这种猴色泽金黄而可爱，身体健壮，四肢肌肉特别发达。面部奇异，鼻孔朝天，几乎位于前额之上，像一只绿松石色的蝴蝶停立在面部中央。它们尾大而壮，背披金色长发，长期栖息在最高雪山的树林中"，"这是几个世纪以来中国艺术中的神祇，是令人推崇的理想的产物"。

　　大坪峪的金丝猴是秦岭金丝猴的成员，属于川金丝猴。它们的英俊洒脱，那是没啥说的。你看，身体瘦长，尾巴和身子差不多长，柔软的金色长毛像一件金黄色"披风"，色彩绚丽，细亮如丝。两颊和额正中毛向脸中央伸展，露出两个凹陷的天蓝色眼圈和一个突出的天蓝色吻圈，鼻骨退化得没了鼻梁，鼻孔便向上翘起。因了这副尊容，人们也叫它"蓝面猴""仰鼻猴""小鼻天狗猴"。

　　远处传来一阵尖锐快速的嘈杂声，陌生又熟悉，夹着小猴子在妈妈身边撒娇的声音，还有威武的雄金丝猴发出的怒吼。"天上的影子，地下的棍子"，附近到处是猴子活动时留下的痕迹。

尊老爱幼是金丝猴家族的美德。它们对"长者"很是孝敬，有了食物必先让老猴吃，谁敢违反"规矩"，定会受到"家法"惩罚。金丝猴的友善、孝顺内外有别。猴群之间却是寸土必争，寸利不让。你看，最先下来的这群，约莫30多只，是这里最强壮的家庭，占领了全部食物。老猴子和一些成年猴子跑到跟前捡苹果香蕉，任我们尽情饱览拍摄，一副不管不顾的模样。家长体魄健壮威风凛凛，小猴子依偎在母猴怀里好奇地打量我们。第二批相对强壮的家族来了，它们先在一边吃食，慢慢向喂食场中心推进。第一批的家长见状大为恼火，立即组织臣民发动攻击。就像古代的对垒战，一方进攻，一方防守。双方家长冲锋在前，臣民们摇旗呐喊，互相厮杀成一团。规模小点的猴群吃不起眼前亏，撒腿就跑，胜利者见好就收也不追击，而是继续进食……喂食场最后一批饕餮者，是"光棍猴"、松鼠和鸟儿。

吃过食物的猴子开始嬉戏休憩，有的相互梳理毛发，有的互相抱着取暖睡觉，有的闭目养神，有的东张西望，有的跳跃攀爬，有的腾挪飞荡，有的追逐打闹，甚是开心。一只母猴抱着孩子，温柔地梳理着小家伙的毛发；一只小猴子趴在母猴背上，耐心细致地给妈妈搔痒，母子俩叽叽喳喳个不停，有着说不完的贴心话。家庭里有家长，这个角色由大公猴出任，它比其他公猴体形大而健壮，毛色更加金黄发亮，脸部的淡蓝色晕也更加迷人。我们看见大公猴在树枝间慢悠悠地跳来荡去，最后蹲在枝桠上，张大嘴巴，露出锋利的尖齿。几只雌猴围过来，温情脉脉地为它清理毛发。小猴儿最是调皮可爱，没有顾忌，由着性子来。有时，以同伴的尾巴为玩具；有时，牵着柔软的树枝在树间跳跃，甚至敢在悬崖边的枝藤上表演"单臂小回环""双臂大回环""猴子捞月亮"。它们是家族里地位最高的，平时没"人"敢动家长的头，小家伙们却不惧，爬上家长肩头撕头发扯耳朵。家长一点儿不恼，反而温柔地拥抱抚摸它们。

可怜了那些没有家族地位的成年雄性，叫"光棍猴"的，只能从远处观望，稍微有靠近动作，便会招来家长的毒打。那些不甘心潦倒一生的"光棍猴"，要想获得异性青睐，只有两个途径：要么相貌英俊潇洒，把群里"美女"勾引出来私奔；要么冲进去打败家长夺得王位，这是需要力量和智慧的，一味蛮干将付出沉重代价。有的"光棍猴"能改变命运，让自己晋升为"家长"，拥有三妻四妾；有的"光棍猴"却只能光棍一生，孤独一生。

猴子在森林里飞荡是文字难以描述的。它们在十多米高的树上相互穿插跳跃，体态轻巧如燕，一纵身越出十米开外，飞来荡去，蹿上树梢，细枝纷纷断裂。随着一声咳嗽或大叫，它们会猛然向外或向下飞出去，再用手或脚吊在另一根树枝上，跳跃飞荡，狂喊大笑。

我是仔细观察过一只成年猴攀缘跳跃全过程的：它用前肢将握住的枝头用力往后拉，又用后肢往下压，借助树枝的弹力猛然腾空一跃，飞向另一个枝头，非常灵巧地抓住那个树枝。后肢刚要蹬踏下面一个树枝时，那个树枝却经不住重压，"咔嚓"断了，眼看就要跌落坠地。我紧张地为它捏了一把汗，没想到它在悬空的那一刹那，居然跃上另一个枝头。

突然想起了那天不怕地不怕的"齐天大圣"孙悟空。电视剧《西游记》中"齐天大圣"的形象蓝本是猕猴。秦岭金丝猴雍容华贵，傲然霸气，它们才是最好的美猴王。再拍《西游记》时，建议孙悟空的扮演者来秦岭，学习金丝猴的言谈举止。那将是一个勇猛机智、气度高贵的孙大圣。

又一群金丝猴来了，朋友刚将镜头对准一只半大猴子，还没按下快门，猴儿却将"手"搭在相机上，仿佛在说："哥们，我来拍你哈！"

爱子情深

天下颂扬人类母爱的文字，不知道有多少。可有谁知道，金丝猴妈妈也是个模范母亲。

金丝猴妈妈把抚育后代作为第一要务，爱护宝宝胜过自己，宁愿挨冻受饿也不让宝宝受半点委屈。宝宝刚出生，猴妈妈将它紧紧搂在怀里，像人类母亲抚育襁褓中的婴儿一样，还用舌头轻轻舔干宝宝湿乎乎的胎毛。宝宝紧紧抓住妈妈的体毛寻找乳头，妈妈赶紧把乳头放入宝宝乖巧的小口，宝宝本能地吮动小嘴。有了妈妈的甘甜乳汁和无微不至的关怀，小宝宝慢慢长大。天冷时，家族成员们抱成团，把宝宝们藏在中间取暖，尽显家族爱幼之美德。

猴爸爸也想亲亲宝宝，就先讨好妻子，轻柔地为她理毛捡痂皮，献尽殷勤。猴妈妈却不给丈夫机会，生气地瞪着，要么迅速跑开——她是怕丈夫动作粗鲁吓着宝宝呢。说来也奇怪，猴妈妈拒绝丈夫亲昵，却不反对家族里其他母猴。她们将宝宝互换，你抱我的，我抱你的。更有那些未成年母猴也来凑热闹，好奇地搂抱个弟妹或邻家宝宝，窜进猴群炫耀一番。猴妈妈才不放心这些"未婚女"呢，紧紧跟上来，生怕出啥闪失。这些行为，被动物学家称之"阿姨现象""姐姐行为"，能使哺乳期的母猴有足够时间补充体力，也给未生育母猴提供了学习育幼的机会，更增进了家族内部的和睦温馨。

猴子是与人类基因最为接近的动物，小猴子的叛逆期却比人类婴儿来得早。半个月大的时候就想挣脱妈妈的怀抱"闯天下",猴妈妈也要比人类提前十几年开始担忧。每当小宝宝准备冒险,妈妈就把它紧紧搂在胸前,或者拽住它的尾巴,丝毫不给宝宝自由。宝宝大些了,就跟着妈妈觅食,自觉用前肢抓着妈妈腰部,将身体倒挂在妈妈肚子下面。妈妈知道,宝宝总有一天要离开自己独闯天下,宝宝到几米外的地方玩耍,它不再干涉,只是慈祥地看着。宝宝们若为一点小事打起架来,妈妈就会连忙跑过去劝架,或者将捣蛋的小宝宝"训斥"一番。遇有危险,猴妈妈或其他成年猴会抱着宝宝逃生。母猴为保护幼仔,可以把生命置之度外。确信无法摆脱危险,猴妈妈就赶紧把宝宝抱在怀里喂奶,似乎担心死后宝宝没奶吃;还做出各种姿势央求不要伤害宝宝,自己愿意替死。

熊猫专家雍严格给我讲过一个金丝猴妈妈舍身救子的事:他们村的猎人追赶带仔的母金丝猴,一直到它们上了一棵大树,大树周围空旷,母子俩已经无路可逃。枪法最准的那个猎人瞄准它们,准备射击。面对黑洞洞的枪口,陷入绝境的猴妈妈将宝宝紧紧搂在怀里,从容地喂奶,等宝宝吸吮完了,把它搁在身旁一个树杈上,摘了些树叶,将剩余奶水一滴滴挤在上面,摆在宝宝够得到的地方。猴妈妈把奶水挤干了,用左前爪指着宝宝不停地摇晃,再将爪子移回自己胸部,仿佛在说:"求求你们,饶了孩子吧,要打就打我!"猴妈妈把自己认为该做的事都做了,然后坦然地用双手捂住脸,静静地等待死亡。那个猎人明白了它的意思,他那坚硬如金刚石的心瞬间软化了。他面对的不是一只猴子,而是一个伟大的母亲。猎人无力地放下手中的枪,从此不再打猎。

金丝猴妈妈舍身救子的故事,让我们深深地感到震撼。有的猴妈妈竟然携带死婴,这种极端的母爱惊天动地。那年4月中旬,秦岭地区倒春寒,雪大风硬,持续多日,佛坪大坪峪一只小猴子被冻饿而死。景区工作人员发现母猴怀里抱着一只小猴,脑袋和胳膊耷拉在妈妈怀里,干瘪的身体像一摊泥一样，不听使唤地往下掉。猴妈妈还是把宝宝紧紧搂在怀里，呆呆地盯着，细心摘着身上的杂物。

猴妈妈后来意识到了，眼神愈加悲伤，疯了般上蹿下跳。看着其他母子翻腾跳跃，自己抱着宝宝躲在远处，悲痛地哀鸣，让人撕心裂肺。十多天后，宝宝的尸体风干得失了模样，猴妈妈没有绝望，坚信宝宝活着，不时舔舔小猴的毛，携带着干尸觅食。

"母猴在那些天里瘦了很多，让我感到心酸。携带死婴行走觅食，很不容易。我想把小猴子的尸体掩埋了，却一直没法如愿，猴妈妈见我接近，带着死婴就跑，要么就对我又抓又咬……"景区工作人员说着，眼角有些红。

金丝猴"串门"

相比熊猫的温柔、羚牛的大胆，金丝猴最是机敏胆小，野外还没被人发现时它已经跑得没了踪影。也许金丝猴知道，它们的祖先与人类同宗，两条腿的家伙也不总是青面獠牙、冷酷无情，而是有些金丝猴慢慢走近人类，开始亲近人类。

一

有一年2月初，上沙窝村民段茂勇正在离家不远的通村水泥路上行走，看到一只狗突然狂吠着窜向河道，一只动物在狗的追咬下东躲西逃、上下腾跃，远远望去一身金黄，好像是只金丝猴。他赶紧跑过去，发现正是金丝猴，长相很典型：头、腹毛色金黄，颈背部毛色黄中杂黑，面孔淡蓝色，鼻孔向上仰起。金丝猴一会儿跳上树枝，一会儿钻进灌木丛，开始还敏捷地躲闪，后来明显体力不支，动作缓慢下来。段茂勇急忙吆喝用树枝把狗赶开，伸手去拉金丝猴，得救的金丝猴毫不犹豫伸出前爪搭在他手上，随段茂勇回到家里。回家后，段茂勇发现金丝猴精神萎靡、后腿有伤，对他的家人似乎有些害怕，给苹果也不吃，就亲自把苹果切成小块喂它，金丝猴这才大口大口吃起来。村民们闻讯送来水果，它也不再"客气"，接过人们递来的食物饱餐一顿。

后来，县林业局、长角坝乡政府的领导干部、专业人员闻讯赶来，细心检查后发现伤势不重，体质较弱，有生病迹象，决定将它送往楼观台珍稀野生动物抢救饲养中心。人们拿来铁笼子，想让它进去，它却怎么也不肯，来回跳跃，不停怒吼。段茂勇上前轻轻抚摸，为它理毛搔痒，一番安抚后它才乖乖进了笼子。

二

那年冬天一个早晨，大古坪王姓村民起床后和往常一样查看鸡圈，忽然发现鸡圈内有一只毛茸茸的动物，缩成一团，瑟瑟发抖，走近一看，竟是一只金丝猴。他非常惊奇，试图接近看个究竟，谁知挨饿受冻一夜的金丝猴似乎受到惊吓，不顾一切地冲出鸡圈，跳到一旁的河边，躲进一个石洞。

邻居也闻声赶来，两人一起慢慢靠近，将它从狭小的石洞里抱出来。"贵客"串门的消息传遍了山村，大家纷纷赶来看望，你给一个苹果，他送一根香蕉……人们的友善与厚待使它慢慢消除了胆怯，与人们亲近起来，上蹿下跳，坦然接受人们的抚摸搂抱，还不时地做个鬼脸。待它吃饱喝足后，人们把它抱到乡林业站。林业站专门收拾了一间房子，准备了食物和水，经过初步检查，它没有明显外伤。

喂养观察几天后，金丝猴的体质精神恢复如常。原本想让它多休养些日子，可它渴望自由和森林的愿望强烈起来，开始不吃不喝，一副病恹恹的模样。林业站有懂得灵长类动物习性的人，知道猴子受到禁闭时会产生心灵损害，由此引起身体病态，甚至绝食而亡。于是，工作人员给它饱餐一顿苹果、香蕉后，把它送回山林。

三

大坪峪生活着一百多只金丝猴，它们那美丽华贵的身影在丛林深处跳跃，闪耀着神秘的光芒。当地人通过食物引诱等方法，使它们走出深山，走近人类。

一只出生两天左右的金丝猴，家庭迁移时母猴没有抓紧，小猴子从20多米高的树上掉下来。它一直那么躺在地上，动也不动。大坪峪景区的工作人员以为小猴子摔死了，慢慢走到跟前，发现它还活着。它好像对人天生恐惧，一见他，顿时活蹦乱跳起来。他想，母猴丢了孩子，一定会返回寻找的，就躲在十米开外一块石头后，耐心等待。天都黑了，也不见猴妈妈的影子。他犯难了：把它放在这里过夜，会被果子狸、黄鼠狼吃掉的。

他把小猴子带回农泉山庄，冲好奶粉，用奶瓶往它嘴里喂。小猴子惊恐不已，挣扎不断，拒绝进食。没有办法，第二天他早早起床，把它抱回原地。他又趴在那个石头后，开始焦急地等待。

临近中午，猴妈妈回来了，一边腾跃一边张望。它跳到昨天孩子掉下来的那棵树上，一眼瞅见了孩子，激动地蹦下地，一下子把它搂进怀里，迅速攀爬上树。猴妈妈高兴地吱吱叫唤，不停地抚摸着，又把奶头塞进孩子嘴里。等到孩子吃饱了，猴妈妈才带着它飞奔而去。

还有一次，那位工作人员在母女峰后的山洼里招引金丝猴，距离百多米时，猴群发现了他，仓皇而逃。一只小猴子没有跑，却在树上不住地挣扎，惊恐地叫唤：它在玩耍时不小心将尾巴缠绕在一个枝杈上。猴妈妈听见孩子的喊叫，又折过来，抱着它使劲扯。卡住的尾巴拉不出来，孩子疼得哇哇大叫。粗心莽撞的猴妈妈没有松手，继续帮孩子拽尾巴。猴妈妈用力过猛，快把尾巴扯断了。小猴子叫唤的声音更加凄厉，听得人心疼。见此情景，他赶紧爬上树，把小猴子的尾巴从树杈上解开，让猴妈妈带走孩子……

四

这是一件发生在太白县黄柏塬的事，说的是一只金丝猴看家护院的趣闻。

一只金丝猴在黄柏塬一处老宅里生活了两三天，这家主人回来了，才意外发现它竟然给他看起家来。这家主人走在通往老宅的小路上，快到院坝时看见有个浑身毛茸茸的家伙一下闪到屋后去了，他赶紧追过去，原来是只金丝猴，见到生人吓得急忙窜到墙角想躲起来。过了一会儿，见没有伤害捕捉的危险，警惕性慢慢放松了，蹲在屋檐下，也不瑟瑟发抖了。他问了一下周围邻居，说这只金丝猴在这已经两三天了。"这可爱的生灵，居然把我家当成它的地盘了……"这家主人很是感慨，拿出背包里的苹果、梨子、香蕉放在地上，退至十几米远，远远地观察。

金丝猴确实漂亮，耀眼夺目的外衣叫人爱怜不已。金黄色的毛丛里，一圈金黄色的针毛衬托着玲珑可爱的面颊，胸腹部为淡黄色，瘦长的身体上长着柔软的金色长毛，披散下来十分好看。

正是寒冬，山上草木枯萎，阳坡干燥，阴坡积着一层雪。这样的季节，金丝猴到哪里御寒找吃的？饥寒交迫使得这只猴子再也顾不得群居的祖训，甘冒离群的风险，来到村里这座房子残破、久无人居的老宅取暖过冬。

这只猴子是饿极了，慢慢移动到食物跟前，抓起一只苹果就往嘴里塞，吃了一个又一个，根本不顾及十多米开外站着一个窥探它的两条腿的家伙。

吃饱了，它原地躺下，四条腿伸展开来。冬日的阳光照在身上，泛着金黄的光芒，金丝猴的舒服惬意感染了老宅的主人。"它可能困了，需要休息，让它享受属于自己的安宁与幸福吧……"他没有进屋，背着包转身走了。

药子梁"羚牛村"

羚牛在秦岭大量聚集的地方，人们亲切地称为"羚牛村"。秦岭有好几个"羚牛村"，佛坪药子梁是最大的一个。每年夏季，羚牛从四面八方赶来，开始一年一度的生命大联欢，多达百十头的壮观场面，见证了秦岭生态恢复的巨大成效。

羚牛是一种大型牛科动物，相传是武成王黄飞虎坐骑五色神牛的后代。它是亚洲特有种，分为不丹亚种、指名亚种、四川亚种、秦岭亚种，后两个亚种为中国特有。相比其他亚种，秦岭亚种长相威武雄壮，身价最高，数量最为稀少，共有五六千只。结实的肌肉撑顶着金色毛皮，勾勒出雄浑霸气的神态，一对大扭角是身份与地位的象征。体形粗壮如牛，四肢健壮有力，性情粗暴像牛，颌下有长须，头小尾短，又像羚羊，故名羚牛。角粗而较长，角形甚为奇特，由头骨之顶部骨质隆起部长出，先向上升起，突然翻转，复向外侧伸展，再向后弯转，近尖端处又向内弯入，呈扭曲状，又叫扭角羚。

羚牛平日里性情温和，发起怒来，可以轻易撞断茶缸粗的树。受伤的、患病的、带仔的，还有独牛，容易伤人，碰见它们要及时躲避。若是狭路相逢避让不及，千万不要惊慌失措，四处乱跑，停止做任何动作，不刺激不招惹，静静观察，与它对峙，直到它对人放松警惕后迅速离开。万一羚牛突然冲过来，要果断判断其动向，就地卧倒一动不动，或迅速朝左右方向闪开，或爬上树，或围绕大树兜圈子，羚牛并不拐弯，躲过去就没事了。羚牛受伤患病体质下降，无力向高山攀爬，取食困难而性格暴躁，易受刺激。母牛护仔，对人攻击性强。独牛警惕性高，胆小得很，有点动静就躲起来了。健康的、带仔的羚牛甚至群牛往往遇见人，会迅速逃离，或抬高头部，鼓鼻吹气，向人示威，然后走走停停，不把它们逼急，一般它们不会主动攻击。走在山路上，要走走看看，注意听听周围动静，一旦发现，要主动让路。向导说，他带的游客曾多次与羚牛狭路相逢，最近时只有两三米，相机的快门声将这些庞然大物吓得落荒而逃，更多时候却是他们给它们让路。

峡谷云气一股股冉冉上升，置身其中，有如腾云驾雾般。山脊两侧的雾并不是同时消散，而是交替进行，两侧美景交替显现。这时，太阳从云层后面露出脸来，立时一片光明，将山将人将树耀成一片神奇的金黄。金光中，我们仿佛都升华了。风吹起来了，吹散山脊云层，一个个白点露出来了，那是一群羚牛。有一只站在悬崖边，静静地看着我们，好久都没动一下，我们也远远地站着，彼此都没有受到打搅，一场生命与未来的对话正在羚牛与人之间进行。

我们小心靠近，牛群很机警，立刻躲到树丛背后。一阵突如其来的大雾弥漫了整个山梁。我们迅速伪装埋伏好，等了半个多小时，眼看大雾没有散去的迹象，正准备撤离，突然发现隐隐约约有羚牛从树丛后面走出来。我们躲在"牛道"附近的岩石下，心咚咚直跳。一大片白花花的羚牛，终于闪现在眼前。

仿佛掉进"牛圈"，四处是喷鼻声，腥膻味扑面而来。粗略一数，超过60只，有的吃草，更多的或卧或站，或打滚追逐，或闭目养神，或东张西望。3只大公牛毛色黄亮，体格壮硕，有300多公斤。那只棕黄色的显出老态，站在群外，偶尔向里面张望一眼。另一只毛色金黄，也站在群外，来回不停走动，显然不甘寂寞，却不敢拈花惹草。最健壮的那只异常活跃，疯狂追逐母牛，一次一次爬跨。就见一只卧在草地上，有些消瘦，没了精神。向导说，都是交配太频繁造成的，过了交配期就好了。

四只幼仔紧跟在一头母牛身边，在母亲身旁或腹下钻来钻去，蹦蹦跳跳，活泼可爱。羚牛七八月份交配，每年2—4月产仔，每胎一仔。刚刚出生的小仔，必须马上站起来，跟上羚牛队伍行走，要是掉队或遇到大雨天气，命运就非常不妙了。羚牛群分工明确，像这样照顾四只幼仔的母羚牛，同时担当着"阿姨"角色，也在帮助其他母羚牛照看孩子。我们发现，不管是公羚牛还是母羚牛都宠着它们的宝宝。觅食和栖息时，幼仔总是处在母羚牛围成的圆圈中央，保证不受天敌侵犯。母羚牛深情地给宝宝哺乳，不时地用舌头轻舔宝宝额头。淘气的宝宝在草地上打滚，"哞哞"呼唤着母亲。

它们一边吃草和树叶，一边向树丛中慢慢移动。它们的进食也是蛮有趣的：一只亚成体跪着探出身，啃食长在悬崖边的鲜嫩树叶；一只用后腿站立，用前腿扒着吃那高树上的叶子，甚至骑着树干吃枝叶；还有几只见树枝不粗，干脆用胸部或前肢把树枝压下来吃叶子。

一只不足两尺长的幼仔不知不觉跑到我们身边，睁着稚气的大眼睛好奇地打量着，如同家养的牛犊，十分招人喜爱，犄角还没长出来，全身呈灰褐色，有黑色条纹。别看它小，却不断练习妈妈教的本领，把悬崖峭壁当平地。

爱情是自私的，也是排他的。雄牛们为爱情、为尊严而战，惊心动魄，气壮山河。双方实力悬殊，一方就会让开；要是实力看似相当，一场争斗就要发生。几个回合下来，一方败逃，获胜者也不追击；双方势均力敌，争斗最为惨烈。获胜者得到母牛爱情，这样的交配方式使得优良基因得以传递。

公牛的交配权往往是由母牛决定的。母牛还未进入发情状态，它会尽可能选择群里最中意的对象。不过挑剔的母牛一旦进入发情期，标准就开始降低，此时更容易接受与公牛的交配。母牛真正进入接受交配的发情状态也就十几个小时，它不得不抓住这短暂的繁殖机会。发情期间不断会有公牛追逐或守候它，身强力壮者未必就占尽便宜，也有浑水摸鱼者享受这鱼水之欢。向导曾见到一只正在交配的公牛被另一只公牛打扰后，气势汹汹地找那只公牛拼命，机会落到了一只弱势公牛身上，它趁机与母牛进行了交配。向导曾亲眼看到两只公牛打架，一只把另一只顶下悬崖摔死了。还有一只公羚牛被撞得滚坡，头卡在一个大树杈上，硬是饿死了……

这天傍晚，我们便目睹了这样一场战争：两只成年雄性羚牛大声喷鼻，喘着粗气在草地上绕圈子。各自相持在十米外，突然间一起相向奔来，头那么低着，脊梁拱起，"砰——"头与头相撞了，声音沉闷，让人心颤。双方都已做好准备，就在牛角接近时瞬间发力，顶住对方的强大压力。然后又以极快的动作掉头跑开，回到原处，再突然冲上来，又是一声沉闷的撞击声。如此分开、相撞，相撞、分开，如古时战场上的大将搏杀，来来回回四五十个回合，最后一次相撞，就再没有分开，互相推着，一个将另一个呼呼呼往左推了五六米，接着又将这一个呼呼呼往右推了五六米，八条腿几乎没有打弯，就那么如铁打的棍子撑着，地上犁出一道深深的渠儿。

半个多小时后，身体略显瘦小的败下阵来。获胜的公牛，发出一声声长长的吼叫，划破翠绿色的山林，忘情地投入爱河，嗅着发情母羚牛的后臀，进行了一次排山倒海般的爬跨。

八个多月后，秦岭"羚牛村"将迎来一个新的生命。

羚牛冲过来了

　　光头山是秦岭羚牛又一个密集分布区。它们大群活动于山脊两侧，山坡上的草丛被踏平，土皮被踩翻，灌木丛树叶被大量采食，到处是它们啃食过的痕迹，有新鲜粪球、新鲜牛道、蹭树后留下的带有异味的油迹毛发。羚牛块头庞大，别看它行进时弓腰驼背，步态蹒跚，却能跃过2米多高的枝头，或用前腿、胸膛去对付一根挡在路上的树干，使之弯曲直至折断。逃跑或发怒时，能轻而易举地折断直径10厘米以上的树干，或是将树连根推倒。

　　行走在高大茂密的森林里，我们闻到了羚牛的腥膻味。向导提醒我们小心，注意周围动静。他说，前几年保护区一个小伙子陪个外国人考察时，闯进了一个羚牛群。一只大公牛冲过来，吓得那个外国人昏倒在地，小伙子本想撒腿就跑的，可他看到地上的外国人想起了自己的使命。旁边地上有个朽木棒，情急之中，他抡起木棒，一下子打在牛头上，牛疼得大叫一声，转身逃走。木棒断了，他也跌倒在地，大脑一片空白。外国人为答谢救命之恩，给了他好几百美元。

　　还有一次，他带着游客找熊猫，轻手轻脚地走在前面，在山林里走惯了，就像猫咪一样落地无声。这样惊扰不了熊猫，也不会惊动其他动物。他是在一面生满桦树和竹子的陡坡处，撞上了一只老年羚牛，有200多公斤。二者相距不足一米，脚下踩断了一节枯枝，"喀吧"一声响，独牛的头迅速昂起来，两耳朝着发出声响的方向，眼睛一动不动。羚牛是近视眼，若是你一动不动，它会以为你是一棵树。他们毕竟离得太近了，羚牛停止了进食，一双眼睛盯住他，鼻孔呼扇呼扇着，不断地喘着粗气，嘴唇微微颤抖，突然间猛冲过来。

根本没法躲避，让那对锋利的尖角挑到，或是被牛头撞一下可不得了，他下意识地就地一趴，翻到一边，来不及抓个树枝、竹竿，骨碌碌滚了下去，最后抓住了悬崖边一棵连香树，才算捡了条命。他的脸上、身上多处被刮伤、撞伤，嘴角滴着鲜血，衣服裤子烂成了片片。

"羚牛并不可怕，熟悉其习性的人，从它们的眼神里能判断出是否有进攻性。"向导见我们吓得不敢走了，开导说。羚牛平日里性情温和，发起怒来，可以轻易撞断茶缸粗的树。观察野生动物，特别是像羚牛这样的庞然大物需要耐心和勇气。受伤的、患病的、带仔的以及独牛容易伤人，碰见它们要及时躲避。羚牛受伤患病体质下降，无力向高山攀爬，取食困难而性格暴躁，易受刺激。母牛护仔，对人攻击性强。独牛警惕性高、胆小，有点动静就可能逃之夭夭。

野生动物都怕人，羚牛也不例外。健康羚牛、带仔羚牛甚至群牛往往遇见人，会迅速逃离，或抬高头部，鼓鼻吹气，向人示威，然后走走停停，不把它们逼急一般不会发动攻击。要尽可能避免与羚牛遭遇，行走在山路上，要走走看看，注意听听周围动静，一旦发现，要主动让路。若是狭路相逢避让不及，千万不要惊慌失措，四处乱跑，停止做任何动作，不刺激不招惹，静静观察，与它对峙，直到它对人放松警惕后迅速离开。万一羚牛突然冲过来，要果断判断其动向，就地卧倒一动不动，或迅速朝左右方向闪开，或爬上树，或围绕大树兜圈子，羚牛并不拐弯，躲过去就没事了。羚牛怕狗，模仿狗叫也是个避免其伤害的办法。羚牛忌红，不能穿红衣服，否则会遭其进攻。羚牛不怕火，有踏火习性，火旁夜宿要留心。向导说，他带的游客曾多次与羚牛狭路相逢，最近时只有两三米，相机的快门声将这些庞然大物吓得落荒而逃，更多的时候却是他们给它们让路。

远处的高山草甸上散乱地密布着大大小小的白点，像无边飘浮的鱼鳞状絮云。向导肯定地说，那是一群羚牛，在休息呢。匆忙赶到草甸边缘，借着茂密的竹林，我们仔细观察。

30多只羚牛卧在草甸的绿草野花间休息，围成一个不规则的圆圈，四肢伏地而坐，牛角向外，幼羚牛和母羚牛被围在中央，几只"警卫"站在高处放哨，警惕地四处张望。那只哨牛足有300公斤，体形粗壮如牛，四肢健壮有力，威武霸气，全身披着金黄色长毛，牛角粗壮奇特，从头顶部骨质隆起部长出，先向上升起，突然翻转，再向外侧伸展，然后向后弯转，近尖端处又向内弯入，呈扭曲状。此时方恍然大悟，当地人为啥称之扭角羚，真是形象极了。羚牛共同御敌的防卫形式与北美麋鹿冬季集成大群围成圆圈对付狼群有异曲同工之妙。向导曾看到100多只羚牛的大群，休息时围成一个不规则的大圆圈，17只幼牛在中间，10只母牛在周围警戒。

看得出神时，忽然一只通体红色拖着长长尾羽的鸟儿朝我飞来，掠过我的肩膀，落在左后方五米远的地方。我惊讶地转过头来，那只鸟又擦过我的肩膀，落在右后方。它来回飞了三次，我终于看清了。这是一只红腹锦鸡，这种鸟是很惧怕人的，今天咋这么反常呢？我感到非常迷惑，不知所措地看着向导。他神秘兮兮地说："你咋连这点道理都不懂，鸟儿向你求救哩——"他用手指了指左前方十多米远处一棵高大的冷杉树，"噢——那不是个雀鹰吗？"

杉树上蹲着一只雀鹰，一动不动地盯着我身旁的锦鸡，锦鸡哆嗦不止，羽毛耷拉，极度惊恐。我还未明白过来该咋办时，向导麻利地捡起块鸡蛋大的石头，"日"的一声砸向杉树。雀鹰尖叫着，摇摇晃晃地飞过草甸，落进杉树林中，几片褐色羽毛慢悠悠地飘舞着，在绿油油的草甸上空，跌进了羚牛群。那只体格雄壮的哨牛发出"梆、梆、梆"的惊叫声，羚牛们纷纷站起来，惊疑地打量四周，几只哨牛来回奔跑，确认没有危险，牛群才恢复了平静。

每年7月至8月是羚牛的繁殖期，成年雄性羚牛与雌性羚牛追求着欢畅淋漓的爱情。雌性羚牛对着雄性羚牛撒尿，把那充满分泌物、水汪汪的部位亮出来，让公牛眼里放光，内心燥热激荡。公牛欲火难耐，急慌慌追逐，不时扬起前蹄，嗅闻着后臀，仰起头，卷着嘴唇，发出低沉的求偶声。母羚牛不断地奔跑，左躲右闪，不让它贴近。

雄性羚牛不仅要讨得雌性羚牛的欢心，还要与情敌展开殊死搏斗，获胜者才能享受爱情的甜蜜。雄性羚牛为获得交配权而进行的战争，致命而凶猛，直到一方败逃为止。我们目睹了两只雄性羚牛的爱情擂台赛：它们紧盯对方，不断喷鼻，颈部被毛竖立，突然低头，快步冲过去，用角猛撞，用角尖刺、挑，你推过来我挡回去。双方难分高低，搏斗激烈残酷，取胜的关键变成身体重量的比拼，瘦小者被撞出六米开外，碰在一棵树上痛得直叫唤。胜利者发出得意的吼叫，冲向那只母牛……

这只妻妾成群的雄性羚牛，剥夺了那些不够强壮或体弱多病雄性羚牛的交配权，却把最强壮、最引以为豪的基因遗传下来。这个季节，它会变得憔悴瘦弱，脂肪耗光，肋骨显露，但性欲得到满足，又为种族繁衍强盛尽了责任。

看完公牛格斗，我们又出发了。走了不久，前面传来"砰砰"的声音，禁不住好奇，轻手轻脚过去。草甸上有个牛群，约莫30多只，里面有7只小仔，就像离开屋子的孩子，欢呼跳跃，撒欢奔跑，互相追逐，抵来抵去的。两只小牛玩得欢，互相以头相撞，接触后发出"砰"的一声，立即后退撒开：它们是在为生存"热身"呢。

这时刮起了大风，山间回荡着洪水奔涌的涛声。恰巧处在羚牛所在位置的上风向，哨牛嗅到了我们的气味，它的耳壳不断颤动，鼻子不停伸缩。相距10米左右，这些动作，我们看得清晰。哨牛发现我们，上下唇连续嗒响，打了一个响鼻，撒腿就跑。羚牛们听到响声，跟着奔跑，很快形成雄性头牛开道、雌性成体压尾、中间夹着小牛犊的队伍，不一会儿，消失在密林中。

那两只小牛停止玩耍，撒腿跑。其中一只不慎把左后腿卡进石缝，左扭右抽出不来。大森林里危机四伏，凶猛的豹子、豺时时窥探着，准备吞噬一切可作美味的弱者，小牛犊正是它们猎取的佳肴美味。我们看得焦急，听不见羚牛的声音，一个队友冲过去，准备帮小家伙一把。哪知已经跑远的几只牛折了回来，向那个队友猛冲怒吼。

那个队友掉头朝林子奔来，刚爬上棵冷杉，羚牛就追到了树下。他一紧张从树上溜了下来。掉头而去的羚牛又窜回来，他又爬上另一棵。我们知道，羚牛最怕豺狗，于是齐声学狗叫。可羚牛好像听出不是真的，并不打算离开……

我们在树上待得手酸脚麻，羚牛没了踪影才溜下来，不顾一切地往山下冲去。一口气跑到宿营地，紧悬的心才落下来，瘫软在地上。

羚牛夜敲门

三仙峰，一个充满诗意而神秘的名字。三个硕大的圆形石头，像三位超凡脱俗的仙人傲然矗立，接受着大风和岁月的抚摸与洗礼。

我们从凉风垭向着光头山进发，要赶15公里山路才能到达三仙峰营地。向导和两个民工是从三官庙赶来的。向导经常给前来佛坪旅游、考察的人作导游，野外经验非常丰富——这是我们后来感知到的。他曾带着英国BBC《地球脉动》节目的记者拍摄熊猫，很快就让他们见到了。看到熊猫的那一刻，那群英国人激动地哭了，拥抱亲吻，一个60多岁的老太太竟然扑上来，在他的脸上亲了一口。

小路沿着山脊蜿蜒呈蛇形，到处是大型兽类的蹄印，不时传来鸟儿的啼鸣。刚出发时，我们都很好奇，见一棵树问是啥树，见一株竹问是啥竹，听见鸟叫就问是啥鸟，看见一坨粪便问是啥拉的。路是越走越陡峭，几乎是触着鼻子往上爬，有些地方只能手脚并用。即便是空着手走，依然感到很艰难。初钻山林的好奇和新鲜感没有了，腿部酸痛，几乎挪不动腿，汗顺着脸颊淌到脖颈，流过胸膛，打湿裤腰，最后能拧出水来。耳旁只听见"呼呼"的拉风箱似的喘气声，感觉心跳得厉害。向导和民工各背着六七十斤行李，却走得很轻松，就像金丝猴一样灵巧敏捷。我们是既羡慕又佩服，便问他们为啥不累，得到的回答是"早已习惯了，你们慢慢就适应了"。

路两旁是巴山木竹，高大挺拔，叶片宽大，富有营养，是熊猫冬春季节最主要的食物。到了5月竹笋萌发，熊猫改食竹笋，一直撵着新笋"上山"。海拔1700米以上，秦岭箭竹慢慢取代巴山木竹，成为熊猫夏季的主要食粮。林中最惹眼的要算红桦树了，赤棕色外皮层层自然脱落，树皮上有天然形成的点点斑节，活像一个个汉字。

我们是看到了熊猫的粪便，草绿色，粗粗圆圆的，形状也似竹笋。熊猫的消化系统很粗放，竹子的质地还很清晰，能看到碎成一小节一小节的竹竿。我捡起一坨闻闻，不但没有臭味，还散发出一股竹子特有的清香。远处传来"哇——哇——"的声音，极像婴儿的啼哭声。向导说，这是角雉，当地人叫"娃娃鸡"。佛坪的雉鸟有血雉、角雉、勺鸡、锦鸡、石鸡、大红鸡、环颈雉、白冠长尾雉。它们体态优美，羽毛好看，叫声悦耳，很招人欢喜。

四个多小时后，我们终于挪到了三仙峰营房，骨头像散了架一样，一头扑进屋子，躺在木板上再也不想动了。

营房是三间简陋的小木屋，是巡护人员歇息宿营的场所。小木屋由许多长条木板拼成，缝隙很大，虽能挡风遮雨，保暖性却不好。对门靠窗的是个土坯灶台，底下添柴，上面煮饭。左边是一个大间，有一张木板拼成的大通铺，站在上面晃晃悠悠，积着一层厚厚的尘土。右边有两个小间，靠近灶台那间作厨房，放着存水的桶和几个塑料盆。

山有多高水就有多高，这话用在秦岭，最是恰当不过。来秦岭旅游啥的，没必要带矿泉水，带了是负担。这里不缺水，低海拔处有溪流，中海拔岩壁下有滴水，高海拔处石缝中有泉水。水质很好，甘甜爽口，不需要净化杀菌。

三仙峰营地的水源在一个陡峭的大坡下面，清清的泉水，透骨冰凉，洗了把脸，就把疲劳擦去了许多。

这里是秦岭南坡亚高山针叶林和针阔叶混交林带，高大的云杉、冷杉、红桦，似一根根擎天大柱，威武挺立。林下生着大片大片的秦岭箭竹，竹叶小，竹竿矮，却比卧龙箭竹高得多。据说卧龙箭竹高不过腰，高海拔地区淹不过膝，细细密密的，与禾本科的草本植物相像，步入其间像是走进麦田。苔藓、地衣密布，色彩多样；散生的杜鹃和山柳芽，将密林点缀得幽静森严。林麝、斑羚、松鼠不时从面前跑过，血雉、勺鸡、松鸦、角雉嬉戏啄食，悠然自得。

已是傍晚，夕阳烧红了西边的天空，把它的红光洒在小木屋顶，抹在几棵粗壮挺拔的松树上。三五只画眉叽叽喳喳，在房前竹枝上跳跃，唱着婉转的歌谣。一只啄木鸟，伸着长长的锋利尖嘴，"笃、笃、笃"地敲打着门前那棵枯树。两只羽毛艳丽的血雉，悠闲地踱步，羞答答地蹭到屋边，好奇地往里探望。我们彼此对视，它们似乎不怕人，打量了好久，才很闲散地离开。

向导往铁锅里添上水，将灶台的火生着，拿出火腿肠、腊肉、方便面，做起饭来。一会儿，饭香飘出来，搅动着我们的肠胃。我们都饿了，狼吞虎咽地吃起来，吃相很不雅。

吃过晚饭刚要睡时，"嘭——"营房外传来沉闷的声音，越来越近，夹杂着石头翻滚、树枝折断声。

"啥声音？"我惊惧地问。

"可能是羚牛什么的，"向导满不在乎地回答，嘘嘘地叫我们停止说话，"羚牛上来了，小声点——"

向导说，他每次带游客住进小木屋，羚牛都要来拜访。小木屋周围有人洒下的尿迹，里面含有盐分，羚牛常常来舔食尿液。羚牛舔食天然硝土、饮含盐分的水，可以补充钠元素，减缓牛瘤胃膨胀病的发生。

我们赶紧拉开睡袋，穿上衣服，把木门打开一点缝隙，一字排开，借着细碎如银的月光探着脑袋向外看，等待着贵客的到来。过了一会儿，"沙沙"声和呼哧呼哧的喘气声，到了小木屋附近。也许是人多汗气太重，羚牛们待在五米远处，朝着这里张望。一只半大羚牛大摇大摆地朝我们走来，这家伙胆子才叫大呢，迎着几支手电光束，瞪着一对牛眼，慢慢逼近。一只小牛不时地抬头张望，看样子不到三岁，犄角还没开始扭曲。半个小时后，它从屋子左侧转到右侧，离小木屋大约一米的样子，卧在那里，久久地不动弹。

我们问："这门可不结实，羚牛不会来抵门吧？"

向导回答："不会的。它们不怕人，可也不会有这么大的胆子。"

说这话时，小木屋突然剧烈地晃动了一下，又晃动了一下。

"它在推木屋呢——"

我浑身哆嗦起来，上下牙开始不争气地磕碰，发出类似金属撞击的声音。

"哎呀，咋这么胆小！再凶猛的野兽也怕人，咱们这么多人，还吓不死它——"

"那它推木屋干什么？"

"可能是在蹭痒痒，也可能是看见了火光。荒山野地，一丝丝微弱的光亮足以使它们警觉，以为发生了啥事。"

"噗——"吹灭了蜡烛，我蜷缩在睡袋里。一种亘古无边的沉寂与阴森，漫溢开来。

"别怕——"黑暗中，向导紧紧握住我的手。向导体内的温暖连同勇敢、坚韧一同淌进我那脆弱不堪、营养不良的脉管。

"向导，现在羚牛是不是很多？听说经常有伤人的事发生？"

"秦岭地区森林保护得好，这家伙繁殖力强，天敌又少，数量增长很快，佛坪有2000多只呢，远远超过了家牛数量。冬春时节羚牛下到低山区找草吃，容易和人相遇。羚牛恋爱失意时性格特别暴躁，见人就抵呢。这并不意味着羚牛太多，更谈不上成灾，因为秦岭地区像光头山、药子梁这样植被保存完好、适宜羚牛生活的地方并不多。"

"它们对熊猫的生存有没有影响？"

"这个不好说。有专家说，羚牛的活动对熊猫产生了严重影响，说是它们啃食竹笋、树皮，破坏植被，与熊猫争食物。也有专家说，羚牛和熊猫和平相处，互不影响。羚牛基本不吃竹笋，它们踩踏出来的道路适合熊猫行走。你们说说，该听哪个专家的？"

"那能不能人为地减少一些？"

"羚牛和熊猫一样，属国宝级动物，打不得的，打了要坐牢。前几年，有关部门试图进行有偿狩猎，法律不允许，这个提议也引起社会舆论的一片反对。佛坪前些年搞过国际狩猎场，专门打羚牛，后来不搞了。"

"我们是不是可以引进些天敌来控制羚牛数量？"

"羚牛数量增加的主要原因，还是天敌太少的缘故。以前虎、豺、豹、黑熊，都是羚牛的天敌。尤其是合力捕食的豺群，对羚牛有很大的威胁。群豺捕杀羚牛时，有的跳到牛背上，抓咬眼睛；有的掏抓臀部肛门，拖出肠子；有的咬住后腿，或咬住颈脖，直至将羚牛弄死为止。现在老虎没有，豹子很少，成群结队的豺也见不到了。前不久我见到两只豺追羚牛，把它们撵得四处乱跑。引进天敌，这么大的秦岭得引进多少老虎、豹子、豺狗？况且这些动物又从哪儿来？话说回来，羚牛不可怕，人类才最是可怕。好好珍惜爱护羚牛吧，不能让它们消失在我们手上……"

这个晚上，我们把羚牛的话题聊了半宿。向导的话，让我们深信佛坪人了不得，人人是动物专家，人人是环保天使。

天明起床，小木屋外羚牛的蹄印和啃食树叶的痕迹清晰可见。我们不知道，那几个庞然大物是什么时候离开的。

送羚牛回家

羚牛天敌本来就少，天敌数量又恢复缓慢，羚牛数量成为"秦岭四宝"之最。人类的关爱是羚牛幸福的源泉，这里辑录三则发生在佛坪的故事予以证实。

一

三官庙何姓村民在三星桥附近发现一只刚出生四天的羚牛幼仔。它卧在路边一动不动，脐带未干，体毛浅褐色，柔软无光泽，四肢色深，面部浅褐色，吻部及两耳深褐色，背部棕褐色。幼仔能站立走动，却虚弱得很，不停发出"哞哞"叫声——也许是牛妈妈受惊逃跑时把宝宝遗弃了。他把牛宝宝抱在怀里，送到大古坪保护站。

保护站的人用开水冲牛奶粉，倒在盆里，递到嘴边，它却不喝。可把大家急坏了，这样下去过不了一天，小家伙就会饿死的。

他们干着急没办法，这时有个村民闻讯赶来，手里牵着只母羊。他说，他家母羊刚生了仔，奶水旺得很，小羊仔吃不完，干脆让小牛仔吃吧。母羊看到小羚牛吃奶，不停地躲闪，拿蹄子踢，用角抵。两个人上前把母羊固定住，另一人把小羚牛抱到羊胯下，扳开它的嘴，将奶头塞进去。它是饿急了，嘴巴嚅动着吮吸起来。宝宝尝到了甜头，欢实地摇着尾巴。此后，它要是觉得饿了，就自己钻到羊妈妈胯下吃奶。羊妈妈也不再拒绝，还幸福地"咩咩"叫唤，伸出软绵绵的舌头舔"牛儿子"的皮毛。小羚牛吃着羊奶，慢慢长大了。

保护站对面树林茂密，水草丰美，是羚牛理想的栖息地。羚牛幼仔在人们的簇拥下离开保护站，走过西河，还"恋恋不舍"地回头张望。哪知它又蹦蹦跳跳地回来了，"赖"在人们脚下。他们费了好大的劲，才将它护送到对面山坡上，看着它欢快地钻进树林……

二

一只羚牛在20米开外的河边"散步"，体型高大，毛色灰白，时而漫步，时而驻足，跨过河流沿河觅食，竟然走进东河台沟口李启红家院场。两条看门狗发现后叫起来，引起房内李启红的注意。面对狗的吠叫，羚牛满不在乎，在院场里走过来转过去。李启红判断它没有攻击意图，遂小心翼翼走出房门，和大黄狗一起把羚牛"请"到院场外。

羚牛在院场外庄稼地游逛一阵，又沿河前行，家里那只白狗将其"相送"一程后返回。李启红与它保持10余米距离慢慢跟随，不时地在它附近抛掷小石块。驱赶、引导200多米，羚牛才从河道边爬上山坡走进山林。

后来李启红给儿子办婚事，在噼里啪啦的鞭炮声中迎来新娘，也邀来一位特殊客人——羚牛，给婚礼平添许多喜庆。那天新娘刚迎娶进门，鞭炮声大作。这时，对面山林里出现一只羚牛，一边从容下山，一边观望婚礼，还悠闲地在树干上蹭了几下犄角，径直来到一片菜地，旁若无人地吃起来。主人、客人大为惊奇，纷纷追逐观望"相送"。它却毫无惧色，饱餐一顿，潇洒离去。

这些年东河台村民与羚牛友好相处，经常碰面，彼此平安无事。羚牛常常等天黑了来，站在院场上，将硕大的牛头伸到窗前，透过玻璃和他们一起看电视。李启红满脸豪迈，却也流露出抱怨："羚牛晚上看电视时，我们没法出门上厕所，只好把尿桶放在屋里……"

三

这是我在三官庙时向导讲的一件救助羚牛幼仔的事。

有年夏天，向导和几个人在光头山阳坡一个林间空地上，准备放下背包休息一会儿，突然，左前方一个白色的身影出现在眼前。"一只羚牛——"大家顿时又惊又喜，又害怕惊扰它，立即慢慢蹲下，双眼注视它的一举一动。它把头埋在青草里吃着，并未察觉到他们的存在。过了一会儿，他们慢慢靠近。原来是一只小羚牛，约莫两个月大。发现他们后，"噢"地蹿出很远，立在一块石头后面打量，稚气的眼睛里充满好奇和迷惑。

见没有危险，它的警惕性放下来，开始在灌木丛中觅食，不一会儿，竟向他们这边走来。他们站起身它就后退几步，并不跑远。突然，小羚牛从坡上蹿下来，然后绕到他们后面，跑到林中一个小水滩前，低头饮起来。他们一下子明白过来，原来它就为水而来。饮完水，它又跑到山坡上觅食去了。

看着它孤孤单单的样子，他们不禁替小家伙担心起来。他们一路上并没见到羚牛群，可见小家伙是被妈妈遗弃的。落单的成年羚牛都难以生存，更何况这么幼小的生命。他们希望牛妈妈或是同伴能把它带走，回到自己的大家庭中，而不是孤独游荡在这危险的地方。

半天过去了，太阳从中天落到了山背后，只把橘红色余晖涂抹在对面的山头上。小牛仔还在山坡上吃草，似乎没有一点担忧和绝望。

小牛仔意识不到处境的危险，但他们得替它考虑呀。又等了一个多小时，天完全黑了，小牛仔却卧在了草丛中。远处传来隐隐的雷声，闪电如白色长蛇划过，刺得人睁不开眼睛。

　　雷阵雨马上降临，待在大森林里非常危险。牛妈妈带走小牛仔的希望已是渺茫，他们只好决定把小家伙带回保护站，帮它渡过这段脆弱的生命难关。于是，向导模仿起牛妈妈的叫声，小家伙果然朝着声音走过来，慢慢走进包围圈。大伙儿一拥而上按住它，捆住四蹄，打着手电，冒着大雨，连夜将它背到保护站。

鸟中君子

辛丑年春晚的大型舞蹈《朱鹮》，惊艳了电视屏幕前的观众，再次带火了"东亚居民"朱鹮。

"鸟中大熊猫""东方瑰宝"，这两顶光鲜的帽子戴在朱鹮头上，可谓般配极了。它们虽是中、日、韩区域性居民，但与熊猫这个全球公民相比，似乎也不落伍，上了国庆70年华诞的彩车，当了第十四届全运会"吉祥四宝"的领队，其命运也与大熊猫一样坎坷。

朱鹮属鹳形目鹮科，诞生于始新世，有6000万年历史，绝对是古老鸟仙了。它们的居住范围很广，除了南极洲以外，各大洲都有其飘逸飞翔的身影。种类多达26种，最珍贵的要数朱鹮和黑脸琵鹭，最鲜亮的当属闪着红色光泽的美洲红鹮。鹮类喜欢群居生活，讲排场，像美洲白鹮几千只聚在一起，飞跃时遮天蔽日，好似群鸦鼓噪，又如雷声轰鸣，那真是壮观之极。

朱鹮却没那个阵仗，一则族丁不旺，二则内敛不张扬。它们不好热闹，不扎堆，时常单独活动，或成对活动，或小群活动，极少与别的鸟合群。白天独自或成小群散步、觅食、休憩，很少嚷嚷，静静地干自己的事儿，一副自得其乐的模样。夜宿时，头颈转向背面，以喙插入羽毛；或缩脖垂头，喙靠于胸前。它们瞌睡少，睡觉时不忘理毛亲昵，自己理毛，还互相理。一只走近另一只，以喙碰击，发出低鸣，后者迅速呼应。若是一方抬头仰喙，另一方必以喙碰触其颌、头部羽毛。稍后，理毛者变成了享受者。

　　它们性格温顺，神情优雅，体态端庄，行事磊落。与喜鹊搭伴做了"吉祥之鸟"，受到东亚人民的崇敬和礼赞，曾广泛分布于东亚各地。"朱鹭不吞鲤。"朱鹭，即为朱鹮。此乃成书于春秋时期的《禽经》所载，可见古人早早地认识了朱鹮。

　　这个被民间称为"红鹤"的鸟儿，一袭嫩白，点染几点丹朱，柔若无骨，清丽曼妙，生就仙风神韵。头顶一抹丹红，两颊、腿、爪朱红色；喙细长而末端下弯，黑褐色，尖头竟为红色；翅膀像是白面红里的被子，翅上羽毛红色，翅下粉红色；腿是红得惹眼，细细长长的，像竹棍棍。它们优雅地散步，优雅地飞翔，优雅地聊天，优雅地休憩，它们的一切，都是优雅的。

　　大熊猫、金丝猴、羚牛为爱情打斗，搞得乌烟瘴气，你死我活的。朱鹮的做派就文明多了，恋爱阶段都可自由选择，结婚之后才彼此守约，终生相伴。

　　话说雄鸟白金，遇见同龄雌鸟蓝儿，互相动了情，出入成双，偶有拟交配现象，看似好得不得了，似乎已私订终身。谁知，它俩的爱情之船，遇上了风浪，被掀翻了。仅仅持续了一年的美好姻缘，就让一只雌性红儿搅黄了，便无情地终结了。红儿小它们俩一岁，靓丽大方，活泼开朗，一下子就把白金俘虏了。蓝儿尝到了落寞、孤寂的味道，可它不死心，与白金纠缠，和红儿拌嘴，使尽了招数，也换不来白金的回心转意。蓝儿绝了望，发誓不在一棵树上吊死，最后狠狠地瞪了"负心汉"几眼，扇动着翅膀，扑棱棱离别远去。

　　常言道："江山易改，秉性难移。"性格哪能轻易改掉，蓝儿承领了"冷美人"这个标签。它的痛苦悲伤，犹如退潮的沙滩，很快就恢复得平展展了。蓝儿依然走自己的路，却随时留意着身边的异性。俗话说得好，萝卜白菜各有所爱。它很快便与黑子处成了男女朋友，黑子大了三岁，成熟稳重，不像白金轻浮，又能知疼知热。蓝儿很满意，便欢喜地接受了黑子，接受了另一段明媚的爱情。

　　动物们的领地争夺战，一般都很残酷，朱鹮却是个例外，往往是点到为止。鸟儿们都想找个适宜的树杈栖息，可这样的空间资源有限，朱鹮间也免不了发生争斗，包括喙击、打嘴。打嘴争斗时，两只朱鹮相向而立，喙部交叉，头部左右剧烈晃动，以喙互击，伴着连续而急剧的鸣叫。失败者低头梳理冠羽，跳跃着让出彼此争夺的树杈，或飞走，离开是非之地。胜利者也不欢呼，更不追赶，而是很平静地享受胜利的成果。

　　历史名人司马迁和韩信都能忍，忍得大苦大难，终成一番大业。朱鹮是动物界的韩信、司马迁，也特别能忍，忍受了山雀、乌鸦、穴鸟的欺负。穴鸟常将自己的家室安置于朱鹮的巢穴附近，甚至就在同一棵树上。每当朱鹮觅食时，穴鸟就尾随在朱鹮身后，追捕那些受到惊吓而落荒逃逸的小动物，甚至直接从朱鹮嘴下抢夺食物。山雀个子虽小小的，却是又可恶，又嚣张，就像是螃蟹横着走，往往还追逐、驱赶大块头的朱鹮。

　　朱鹮，善良温顺，团结友爱，喜幽静，不张扬，在大自然中确实活成了鸟中君子，看来它们自有一套处世哲学。

情爱之路

"这么花心的家伙，却能落得个好名声……"同在秦岭金水河里玩乐，朱鹮最瞧不起鸳鸯，觉得它们轻浮放荡，没一点儿羞耻之心。

朱鹮为啥对鸳鸯很不屑？以前人们认为，鸳鸯是夫妻忠诚的榜样，能够彼此信守诺言、白头偕老，而实际上它们才是一帮感情骗子、花心大萝卜，即使热恋中也不忘偷偷地干些拈花惹草的勾当。

每年3月至5月，好些鸟儿会以复杂多样的炫耀方式，来赢得心上人的芳心，朱鹮却不屑于这么做。

不过春色如许，也正好是朱鹮谈情说爱的时光。朱鹮崇尚活得简简单单，不弄这套花里胡哨的仪式，它们的恋爱简短实在，咕咕低唤，相互梳理羽毛，却情意满满。雄鸟从取食地返回，落于巢旁横枝，深情凝望巢中雌鸟。得到召唤，妻子也把目光转过来，相互观望，彼此不停低鸣"啊——啊——啊"。过一会儿，丈夫颈部向前平伸，冠羽顺贴枕后，先慢后快，低鸣着靠近，猛地扇动翅膀，跨上妻子脊背。产卵前夫妻俩栖息于巢中，或停歇于横枝上，妻子返回家中，居家丈夫长鸣数声，并不站起。这时妻子进屋，用喙轻梳夫君头颈背部羽毛。夫君慢慢起身，俯首静立，冠羽竖起，欣然领受爱妻亲昵。有时会相互梳理头部羽毛，长喙咬逗，咕咕低鸣。

金丝猴中的雄性亚成体组成"光棍猴"，等到足够强大了，才闯进猴群挑战家长，或拐走几个"美人"。而朱鹮亚成体往往三五成群活动，互相接触了解，要是彼此生出感情，就结成伴侣，双双离群，寻个大树修建房舍，生儿育女，过上自足自乐的家庭生活。但世间阴差阳错的事儿不少，朱鹮的情爱之路也是波波折折，看不上，没缘分，便有初恋失败者，更有命背的"大龄青年"。

和天鹅一样，朱鹮也是爱情专注的典型，婚姻家庭稳定，恪守一夫一妻制"家规"，堪称动物王国里的模范夫妻，一方要是夭亡，另一方坚守贞操，直到生命终结。

洋县姚家沟繁殖多年的一对朱鹮配偶生出悲剧来，妻子惨死在偷猎者的枪口之下。突然失去爱妻，丈夫顿时觉得天塌了，地陷了，整日烦躁不安，郁郁寡欢，饮食不思，眼前都是黑夜。这年冬天雪多，把大地盖了个严严实实，鸟儿们都躲起来了，只有它孤独地矗立在一棵青冈树桠上，任凭狂风刮乱羽毛，雪花覆盖身子。萧萧寒风裹着声声"啊——啊——"，分外凄惨悲凉，一刀一刀割着保护站工作人员的心。

育儿经

我们知道大熊猫爸爸很不负责任，只晓得自己享乐，从不管宝宝的事。这方面朱鹮爸爸绝对模范，自觉与妻子一起承担起孵卵、育幼重任，可谓勤劳勇敢的好丈夫，尽职尽责的好父亲。

朱鹮夫妻从安家落户、生儿育女，要经历大约4个月，一般从2月初至6月底才能完成全部繁殖过程。这100多个日日夜夜里，朱鹮两口子相亲相爱，温馨和睦，同甘共苦，一起承揽育幼的艰辛与幸福。朱鹮每窝产卵2—5枚，通常3枚，卵为卵圆形，蓝灰色缀着褐色。自然孵化期28—30天，人工饲养孵化期25天。朱鹮护幼，对幼仔宠爱有加，极尽作为父母的职责。育幼期间，一方外出捕食，一方留在窝里悉心照顾幼鸟。这样的事儿，夫妻俩轮流做，既享受了天伦之乐，也不显得疲累。

雏鸟刚孵出时，上体被有淡灰色绒羽，下体被有白色绒羽，脚橙红色。由夫妻俩共同喂养下一代，朱鹮爸爸照看宝宝，妈妈就飞出去寻觅食物，返回后轻轻地落在巢边树枝上，把长长的弯喙伸向巢中。宝宝们尽力将头朝上举，张开小嘴巴，接受父母从嘴里吐出的食物。而那性急的宝宝们往往等不及，争抢着将长喙伸进妈妈嘴里，妈妈也急了，使劲抖动脖子，使食物尽快吐出来。之后开始换岗，朱鹮妈妈卧在巢中护卫宝宝，爸爸飞出去猎取食物。经过45—50天的喂养，朱鹮宝宝就能离巢飞行，60天后便跟随爸爸妈妈自由飞翔。这时朱鹮宝宝仍然离不开呵护，要与父母一起在巢区附近活动觅食。朱鹮性成熟鸟龄在3岁左右，人工饲养条件下寿命可达到17年以上。

大自然是残酷的，只接纳那些健康的、适应性和竞争力强的生命。为了活下来，动物们的教子之道很严格，对自己的孩子爱而不宠，讲究方法。

老鹰是所有鸟类中最强壮的种族，不遵守平等原则，一次孵出四五只，猎捕回来的食物一次只能喂食一只，谁抢得凶就给谁，瘦弱的吃不到食物只有饿死，这样便使得最凶猛、最强壮的小鹰存活下来。

熊猫妈妈也深谙此道，从不娇惯孩子，手把手传授孩子一整套取食、爬树、避险、逃生的生存本领，孩子一旦能够独立生活，便让它远离自己而去。

适者生存的丛林法则，朱鹮领悟得太深了，爱孩子，但绝不娇惯，正如人间父母培养出的"熊孩子"会被社会教育一样。朱鹮宝宝们会通过"打架"的方式，从爸爸妈妈那里多分得一杯羹。它们知道，获胜的宝宝身子强壮，更能经历未来生命的挑战。所以，鸟爸鸟妈只在乎赢家，并不在意"打架"过程。这与人类相似，会哭的孩子有奶吃嘛。

这个也得到了朱鹮专家刘荫增教授的确证。当年他们把姚家沟这7只朱鹮命名为"秦岭一号朱鹮群体"。其中有3只幼鸟，得到刘荫增他们的精心呵护，两只长大成活，跟随父母离巢起飞。而最小的那只，因为食物短缺，身体发育缓慢，瘦弱得很，常遭到哥哥、姐姐的欺负，差点丧了命。那天深夜11点，刘荫增还在巢树下录音，忽听到有什么东西从树上掉了下来。担心是幼鸟不小心摔下来，他打着手电筒找了很久，也没有找见。第二天清晨再去，还是没有寻着。后来一个村里的小孩跑来，说他家屋后有只小鸟。刘荫增教授赶去一看，正是长得最为瘦弱的那只小朱鹮。原来父母为了照顾好身子强壮的两个子女，忍痛将它遗弃了。那只朱鹮幼鸟已是奄奄一息，眼睛无力地忽闪，身子微微地晃动，生命之灯即将熄灭。刘荫增心痛极了，决定救救这个小可怜，给它取名"华华"。把它抱回房子，拿捉来的田螺、虫子、小鱼用剪刀剪碎了喂养。过了几天，华华终于缓过劲来，饭量大了，有了精神。

后来，刘荫增教授还是觉得巢穴才是华华的家，就搭上梯子，把它送回巢里。谁知父母很冷漠，对它不理不睬，不一会儿又被哥哥姐姐挤得掉了下来。刘荫增教授心疼地"捡"回华华，只好自己养着，几个人天天守着，像照顾自家得病的孩子一样。经过精心抚育，华华度过了生命里最艰难的时期，身子骨渐渐结实健壮起来。后来，华华被送往北京动物园进行人工饲养，成了国内人工饲养的第一只朱鹮。

华阳会朱鹮

华阳最多的鸟儿肯定是朱鹮了。它们从古镇上空飞过，从这棵树飞到那棵树，落在水边，叼些鱼儿填饱肚子，整理羽毛，打扮自己，很快就要处对象了。

秦岭里的春最是热闹，树呀草呀笑得发了芽，开了花。洋县坝子的油菜花一片金黄灿烂，这里的刚刚抽薹，把嘴抿得紧紧的。沟渠边一棵玉兰刚刚睡醒，就敞开了胸，忙着给衣服点缀紫中带白的饰物。玉兰的花，紫紫的，有点含羞的微笑。只有山茱萸最早欢迎春姑娘，小脸儿上涂抹着金黄，伸着小手欢呼。

山茱萸是春的使者，最早捎来春的问候，鼓起花苞，绽开花骨朵，金黄金黄的，笑得收不拢嘴。山茱萸在这里最为素常，房前屋后到处便是，朴素又雅静，牢牢揪住人们的目光。它绽放早，花期长，除了花以外，红玛瑙似的果子更好看，被誉为"红衣仙子"，滋阴补肾，益气养虚。人们会将果子摘下来晾干卖钱。

我们那里把山茱萸唤作枣皮，花黄黄的、淡淡的，没有樱桃花浓烈，也没那股药香，可它是味药。千百年来，茱萸花静静地绽放，寂寞地凋零。人们享受着鲜丽的果实，却忽略了淡雅的花。然而，没有花儿的素朴，便没有果实的丰盈。

"今年喜庆得很，鹮鹮又在我家旁边的树上趴窝了，也不知能抱窝几个仔仔……"

"前两天后晌，正在院坝晒暖暖，突然听得朱鹮的叫声不对，抬头一望，妈呀，空里一只鹞子在欺负鹮鹮呢，眼看撵上了，我和老伴紧打紧吆喝，才把那死鬼吓跑了。稀里糊涂把鹮鹮累日踏咧，扑棱棱到对过那棵树上，半天没动弹……"

"昨儿听说，邻村一个老汉放牛时看见一只大鸟，正在路边水沟扑腾，一个翅膀耷拉着，上面血糊糊的。老汉就把它抱上来，放在路边，可巧村主任骑着摩托嘟嘟嘟过来，见到这个红白色大鸟，慌忙刹住车，冲到老汉跟前，黑着个脸，声音大得能吃人：'老汉，你想坐牢吗？咋敢把朱鹮打了！'老汉胆子小，平时就怕村主任，这下脸灰塌塌的，前言不搭后语地解释了一番。村主任就掏出手机，拨了个号，'喂喂'了一阵。不到一顿饭工夫，就来了几个人，说是朱鹮局的，把朱鹮接走了，还给了老汉100元，说是啥信息费。老汉高兴地呵呵笑，把牛牵回家，就去商店买了条烟，逢人便夸口：'这鹮鹮到处都是嘛，保不准明儿还能再弄100元……'"

我是坐班车到的华阳，一路上听他们拉话，内容大多是关于朱鹮的。"人说，三句话不离本行。对于洋县人却是三句话不离朱鹮哩……"我这么想着，自己倒笑了。

洋县人对朱鹮的熟悉与关注，是远超大熊猫的。这原因很简单，朱鹮数量多呀，天上飞着，树上歇着，水田河溪里觅着食，房前屋后散着步。人们日日看朱鹮，朱鹮天天见人们，彼此处成了邻居和朋友。

自古以来朱鹮被视作神鸟、吉祥物，一直受到人们的喜爱。加之，当地政府宣传力度很大，大人娃娃都晓得保护朱鹮有赏，猎杀朱鹮坐牢。反观大熊猫势单力孤，还生活在深山老林里，那些地方被划为保护区，除科研人员外，一般不允许人进入，所以绝大部分人晤面熊猫，是在荧屏、视频里。

住在华阳一家酒店，偶然听两个服务员唠嗑，说是前几天华阳初中两个娃救助了一只受伤的朱鹮，还得到了奖励。看她们打扫完卫生，逮着个机会，我便问那位年纪大点的服务员。她说，那天下午放学后，初中七年级两名学生开始打扫操场，突然听到"砰"的一声，循声抬头望去，见一只朱鹮躺在20米远处的院墙根下，扑扇着翅膀，"嘎嘎"尖叫。他们俩跑上前仔细一瞅，发现朱鹮眼睛下面有鲜血渗出，就赶紧跟校长说了。校长急忙打电话联系，保护区3名工作人员赶来，仔细察看了朱鹮的受伤情况，把它装进纸箱带去治疗，因为伤并不重，很快也就好了。后来，保护区把这两个娃表扬了，发了保护朱鹮优秀标兵的红证书。

"你咋记得这么清？"我随口问道。

"谁不关心朱鹮，那里边一个娃就是我家二小子……"

山坡上矗立着一个个铁柱，上面罩着大网，那是朱鹮园——30多只朱鹮被"囚禁"的地方。大网外是一个自由世界，朱鹮、喜鹊、白鹤们享受着生命中的幸运和欢畅，它们想飞多高就飞多高，只要它们的翅膀能够抵达，没人管；它们想飞多远，就飞多远，只要它们的翅膀有那么大的劲道，没人在意。这就苦了园子里的朱鹮们，它们飞得稍高一点，或稍远一点，就撞上了网，尽管网是柔软的，却也是无情的。可以向往蓝天，但欢乐只在这张大网内，它们只好飞得收敛一点，尽量小心，不去触碰那伤心无情的网。它们"啊——啊——"的叫声就有了点无奈和苍凉，缺了大网外边兄弟姐妹的率性与雄浑。

想起头天下午参观时，见这园里有一只喜鹊在忙活，一会儿飞向东，一会儿折向南，却是孤独的身影。它可能是自投罗网的，吃喝是无忧了，却也失去了好多，比如没法子谈恋爱，只有打一辈子光棍，最后老死在里边……我心头便泛起一阵凄凉，像是傍晚时分的烟霭。

大古坪观朱鹮

　　谁也没想到，会在大古坪见识朱鹮，可把我们高兴坏了。

　　我们到大古坪的时候，已是傍晚，太阳落山前点起一把火，燃烧了西边的天，红彤彤的，时而峰峦相叠，时而波涛奔涌，时而形似飞鹰。山山梁梁，沟沟壑壑，村巷行人，鸡狗牛羊，全被镀上一层金色。远处山腰，兀立着一只羚牛，头朝东方，背驮晚霞，金光闪闪，一动不动，仿佛在深思，在回忆，在等待。

　　像是燃尽能量的煤球，火烧云渐渐褪去色彩，云影绣出图案来。先是三只猴子排着队走，再是大猴牵着小猴，另一个后边跟着，后又幻化为老人拉着牛，后边那人骑个自行车，腰似弓，使劲地蹬。最后天空是鲜净了，却闪出一只鸟儿，斜斜地飞，长长的喙朝前伸着，细细的腿儿向后蹬着，紧紧地贴住了尾羽，喙与整个身子几乎平直为一条线，两个翅膀舒展开，似乎没有扇动，姿态优雅极了。它在我们头顶前方，缓缓地滑翔，离得不远，我们看到了头顶那坨大红，看到了尾羽闪耀着的朱红。

　　"这不是朱鹮吗？"其中一个朋友惊叫起来。

　　"你是花眼了，朱鹮在洋县呢！"另一个朋友说。

　　"我是写秦岭动物的，咋能不认得朱鹮？"

　　"你是躲在屋里捏造哩，我是画朱鹮的，年年去洋县呢，保护站就在村里不远，我们去问问……"

听着他们俩争辩，我们不觉进了保护站院门。

保护站院子大，除了一排砖混结构的瓦房以外，还新建了一栋四层楼，外面贴着白瓷砖，洋气了不少。

保护站王站长正站在院子里，端个杯子喝茶，他已逮住了我们的话，自豪地说："洋县的朱鹮飞到这里好久了，白天在院子后面核桃树上耍，飞到西河口捉鱼，晚上就歇在附近的树上，把这里当家呢。最近来看的人多着呢……"

我一下子想起诗人沈奇，有一次和他参加采风活动，在去汉中的车上提到朱鹮，顿时神采飞扬起来，仿佛那神鸟出自他的家乡勉县。沈先生说，其他的是先有鸟儿才有画，而朱鹮是上苍先画了这么一只鸟，才有后来的朱鹮。他这么说的时候，一边比画着，用手摸着自己的头说，朱鹮的凤冠翘翘的；手指下滑到脸上说，朱鹮的面颊鲜红红的；指着嘴说，朱鹮的喙向下弯曲长长的；再拍着胸部说，朱鹮的羽毛红白相映，淡雅美丽；最后双手伸展，手指叉开微微下垂，两只胳膊徐徐上扬下压，"朱鹮那仙姿，那优雅，那神韵，那就是诗，那就是世间最美的诗……"诗人醉心于这样的述说了，他把自己"画"成了一只朱鹮。

大家都很兴奋，央求着王站长带我们去看看。他开始不答应，担心惊扰了它们。我们承诺远远地看，他才勉强同意了，带我们出了院子。

一条窄窄的街道，宽不足五米，长不过百米，街道两边摆放着土坯房，鳞次栉比，不少房顶架起卫星天线，添了点现代化味道。暮色从谷底往山头涌上来，炊烟也赶起热闹，稀稀疏疏的乳白色，缭绕了一阵，离开村子时成了浅蓝色。炊烟藏着村庄的好多秘密，想要知道村里还有多少人家，数数黄昏里的炊烟就够了。飘散炊烟的家户不算多，用眼睛捉摸，也就六成吧。

走过小小的街道，拐过几户人家，沿着田坎走了百多米，王站长示意我们停下，趴在田边一块石头后面。前面三米远处，就是西河与东河交汇处，河面展阔，水波不兴，水里是蓝蓝的天，天上是蓝蓝的水。我们静静地、好奇地观察这些可爱的精灵：它们在河边觅食、飞翔、散步，神情悠闲洒脱。大小似雁，脖子和腿长，面部鲜红，喙向下长长弯曲，羽毛洁白似雪，羽干、羽基、飞羽闪耀着朱红色光辉，红白相映，淡雅而美丽。它们浅水觅食，将长而弯曲的喙插入水中，觅得小鱼，啄食之；或在枝头休憩，把长嘴插入背脊羽毛，任羽冠在微风中飘动；或在天空中翱翔，头向前伸，脚向后伸，鼓翼缓慢而有力；或在地上行走，步履轻盈，娴雅矜持。

朱鹮非常看重打扮，像一些爱美的人喜欢讲排场，它们时常穿一身新衣，很讲卫生，经常"换洗"。这天傍晚，我们有幸目睹了它们"美容"的全过程：两只朱鹮站在清澈的水中，不断用翅膀"扑腾"着水面，激起片片晶莹水珠，像暴雨般落在身上，又使劲摇着头，摆着尾，抖掉溅在身上的水珠。如此反复了几次，直到"洗"得干干净净，没了一丝儿灰尘。还互相打量一番，彼此欣赏妆容，都满意了，这才和乐着，飞离了西河。

"没看出来，你还眼睛里有水哩！"那位自称画家的朋友轻声嘀咕了一句。

"你们晓得朱鹮咋谈恋爱，怎么生养宝宝，它的武功如何……"那位声称写朱鹮的朋友向来喜欢叫人夸，话一下子就多起来，开始卖弄朱鹮知识。尽管有点缠夹唠叨，可他讲的是些我之前所不熟悉的。不过他的话音很轻，生怕打搅了朱鹮，像有微风轻轻拂在我们脸上，连画家朋友都连连点头。

黑熊把人逼上树

想到黑熊把朋友逼上了大树，行文的此刻，我依然心悸不已。

我们对黑熊并不陌生，古人对它很崇拜，奉为熊神。只是后来，黑熊在我们心目中的地位下降了，今天我们说谁"熊样"，绝对是贬义的，听者肯定不高兴。

我们行走在前往鲁班寨的"牛道"上，周围树干粗壮，高大茂盛。虽是盛夏，这里却非常凉爽，早晚还感到冷。沿途看到一些黄鼬、青鼬、豪猪、金猫、毛冠鹿、水獭子啥的，都很灵敏，稍有动静，便逃得无影无踪。

一片潮湿的箭竹林里，我们突然发现了一行类似人的脚印，仔细一看好像不是人在朝前走而是在倒退。"大森林里处处有危险，这个人忒胆大!"正在我纳闷时，向导神秘地说，那是黑熊留下的，熊掌和人脚很相似。我们听了，面面相觑，原地磨蹭着。

向导悄声说，佛坪人称黑熊叫熊、黑子、扒崖子。黑熊食量大，尤爱吃蜂蜜，能准确找到蜂巢，常因捅了蜂窝被蜇得鼻青脸肿，乱抓脑袋，一边狂奔，一边长嚎。这个好了伤疤忘了痛的家伙，几天后肿一消，又会重蹈覆辙，宁愿挨蜇，也要满足口腹之欲。万一被蜇得满脸浮肿，它就在地上滚擦以消肿。让人惊奇的是，黑熊还是医术高明的医生呢，会自己给自己治病。得了风湿病，它就找些草药治疗；冬眠后的黑熊，会找有缓泻作用的植物吃，把堵在肠道的硬粪块排掉。

　　熊冬眠时，它就把自己包裹起来。熊发现一处适宜冬眠的洞穴，为了不让猎人发现，就尽可能轻轻地倒退进洞。最初两个星期，不管如何吵闹，是打还是戳，是敲还是擂，都没法吵醒它们。黑熊光顾的地方，糟蹋得比吃的厉害，一头熊一夜能吃掉玉米二三十斤。向导说，熊吃玉米和猴子不同，猴子掰一个丢一个，熊先用掌拍玉米棒，以判断棒子是否成熟，若响声沉闷表明已经成熟，就掰下来啃得干干净净。吃食时，有的张开爪子挟着棒子，有的把棒子拿着捧着，也有的把食物扒拉一堆放在面前吃；最懒的四脚朝天睡在地上，一边休息，一边啃着……

　　别看它显得笨拙老态龙钟，奔跑起来矫健灵巧。它是大力士，一掌能击断手腕粗的树，击毙一头大野猪。又是游泳高手和出色的潜水员，能像人那样站立行走，支起后腿直立起来，用前掌熟练地摘取果实。它是爬树好手，却天生一副近视眼，听觉和嗅觉特别灵敏，能辨别出300米外人活动的声音，用鼻子嗅一下便知道地洞里藏的是狐还是獾。它还是怕人的，知道两条腿走路的家伙惹不起，常常在人接近前就已经躲开了。只要你不招惹，熊瞎子不会主动伤人，受伤的、带仔的才会主动攻击。野外步行不要带狗，它们会发现熊并成为熊的真正威胁。人离它很近时，一定要后撤并绕路，千万不要逼近，更不可为拍照而靠近。熊直立的姿势并不意味着进攻，面对面时咆哮或者张牙舞爪，表明准备进攻。这时千万不能慌张逃跑，立刻面朝下卧倒，用手和胳膊护住头颈部，保持不动。真是熊追来了，要么蹲着不动，要么朝山下跑，要么往岩洞躲，要么原地转圈圈。

　　前些年向导所住的村里一个人在玉米地锄草，突然发现地坎下不远的小路上，有一只满身黑毛、身体膘肥的野兽一瘸一拐地走过来。他没想到是黑熊，下意识地大吼一声，想把它惊吓走。谁知它竟然一声不吭地冲过来，跃上两米多高的路坎扑到眼前。他来不及跑开，本能地拔出镰刀，一刀砍过去，镰刀却被那野兽一脚掌打倒在地，把镰刀打折了。它抬起脚掌在他左腰部抓了一爪，嘴巴直取下身咬去。它太凶悍，力气太大了，几下子就把他甩到路下边，还瞪着双眼观察了好一会儿。可能见他受伤，或感觉对自己没了威胁，这才大摇大摆地走了……

向导说，很多猛兽都怕豺，成年熊却不怕，一旦撞见就一屁股坐在地上，以逸待劳，等着对方进攻。豺可知道它的厉害，那一掌可以打死一头公牛，要是被它揪住，就像大象踩只蚂蚁一样。豺"鞋底抹油"般开溜了。

"不要怕，咱们小心点就行了……"向导迈开大步，拨开密实的竹林和缠绕的藤本植物朝山顶攀去。就在接近半山顶的一棵大树时，向导突然嘘了一声，示意我们蹲下别动。顺着他手指的方向，我们看见大树桠上蹲伏着一个浓黑的球团。那球团蹲坐在树桠间，垫在屁股下面的树枝包裹着自己。要不是向导眼灵，我们是发现不了的。

见是只黑熊小仔，我们中间一人激动起来。

"危险——"向导极严肃地制止道，"黑熊护仔呢，母熊肯定在附近……"

过了不久，黑熊妈妈来到树下，警惕地四处张望。等了几个小时，也不见它走开。黑熊挡住了道，我们怎么过去呢？太阳已经偏西，可我们离目的地还有段距离呢。

我们不约而同地想出个办法：吓走它。我们齐声高喊，声音传得很远，在山谷中嗡嗡回响。小仔吓得掉下来，接近地面时黑熊妈妈张嘴叼住，母子俩迅速消失在密林深处。

我们带着胜利的喜悦，准备出发。

狼从身边溜走了

缥缈轻柔的雾霭如梦如幻飘然而至。原本湛蓝高远的苍穹被雾遮了个严严实实，像一匹白纱紧紧裹住了山林河谷，能见度不及一米，朦朦胧胧。我们静静地坐在山洞口，任轻纱似的雾柔柔地拂过面颊，呼吸着湿漉漉的空气，五脏六腑滋润舒爽极了。

山洞的位置非常隐秘，在一面悬崖上，距地面两米多高，只能从几块突出的岩石爬上去。悬崖上生着大片大片的苔藓、灌木和一些藤蔓。洞前是一片高大葱郁的冷杉树，正好挡住了洞口的视线。

这次考察取得了意想不到的成果，熊猫、金丝猴、羚牛、野猪、黑熊等好些动物都见到了。我对向导佩服得五体投地，他带领我们避开了一切艰难风险，顺利地完成了考察任务，让我们领略了秦岭的神秘与迷人，感受了动物的种种活动与习性，体验到生命中从未有过的欢畅与幸福，最后又将顺利地把我们送出秦岭。

躺在地上浑身酸疼不已，却怎么也睡不着，总觉得还少了点什么。朋友发出均匀的鼾声，他怎么能睡着？我心里很不服气，伸出脚狠狠蹬了他几下，他的鼾声竟然更大了，我转过身，揪住他耳朵，使劲扯，才把他弄醒来。

"你怎这么好的福气，我咋睡不着？"

"咋能睡不着？又没有狐狸精缠你——"

"唉，心里就是有点空——"

"我知道你的心思。"

"那你说说？"

"你一定是想到狼了吧？"

我沉默，他一下子猜中了，这家伙真成了我肚里的蛔虫。"佛坪山里有十只狼，向导说他已经数过多次了，比保护区的人数熊猫还准确一百倍。"朋友神秘兮兮地说，"我一见到向导，他就偷偷告诉了我，我一再央求，开始他不答应，后来给他三百块钱，他才答应让我看三只，一只狼见面费一百块。本来想多看几只，口袋里没那么多钱……"

"你是在哪儿见的？"

"我答应过向导，必须保密的。"

"你是不是在梦里见的？佛坪早就没狼了。"

"哎呀——麻秆腰、细长腿、大尾巴、像狗又不是狗的家伙，我能不认识？我们就蹲在那棵树最低的丫杈上，下面就是狼的必经之路。三只狼大摇大摆地过来了，从我们身下过的时候，相距不过三尺。一只伸着血红的长舌头，另一只叼着个'吱吱'乱叫的兔子，后面跟着只活蹦乱跳的崽，约莫二十来斤。它们消失在密林中时，'长舌头'狼还回过头来，瞅了我们几眼，向导朝它挥了挥手。这是见面礼，向导说，他们每次见面都这么做……"

"你咋不叫着我，太不够意思了，我陪着你到秦岭转悠这二十多天，到底为了啥？"

"我咋不知道你的心思？向导的条件是不告诉任何人，我更不可能告诉你。"

"为什么？"

"就因为你是一个酸腐的文人，又喜欢张扬，告诉你不等于告诉了所有人。"

"……"

还能说什么？我那时唯一想做的，就是掐死他。

"我实在想不通，你们咋对狼怀着那种情感！既然那么喜欢、渴望，却又把它描述成邪恶、贪婪、奸诈、凶残、冷酷的代名词，这是不是太'叶公好龙'了。实际上，当人性走向邪恶、无耻、肮脏时，人性要比狼性可怕一千倍。人类为了掩盖自身的卑劣，就把狼拿来作了挡箭牌。想想看，外面人知道了，还不到这里来找狼？那不仅仅是佛坪狼们的末日，更是所有动物的末日。"

奇谈怪论，荒谬之极！我能说什么，我又能说什么？可还是忍不住问了一句："秦岭之行，你该满足了吧？"

朋友已昏昏欲睡。

"霸王"野猪

    我们是在三官庙附近寻找熊猫时撞上一群野猪的。如今野猪称霸秦岭，威风凛凛，狂放嚣张，敢于和黑熊肉搏，蔑视人类，与山民玩起"游击战"……

    秦岭山大林密，野猪繁殖力旺盛，缺少天敌，现在是越来越多，成群结队地横行秦岭。或许是受到家猪的影响，野猪给我们的第一印象，似乎是笨拙的"蠢货"。其实并非如此，它们智勇双全，嗅觉灵敏，坚韧凶悍，富有组织纪律性。它的鼻子又长又硬，就像铁犁，可以挖掘出几十厘米深的沟，制造泥塘，掀翻大石头，将小树连根拱起。锋利的獠牙还是战斗武器，让老虎也惧其几分。那身由油泥、松脂、皮毛混合组成的铠甲，是特殊的防御武器，一般的猎枪铁砂穿透不了。野猪的皮肤要是被石头或树枝划破，就跑进泥坑打滚，用泥巴糊住伤口防止感染，就像人受了外伤要用纱布包扎或用药膏敷住一样。

    河谷、低坡参差相接，溪流傍依峡谷而行。溪水潺潺，叮咚作响，蝉鸣嘤嘤，鸟吟百啭。幽径蜿蜒，绿树如盖，空气凉爽清新。一阵风吹来，树叶翻滚，露出背面片片银白，戳碎了散落地面的缕缕阳光。不远处一棵大树上，几只金丝猴在树梢里觅食嬉戏休憩。猴妈妈抱着孩子，温柔地梳理着小家伙的毛发。小家伙则躺在妈妈怀里吃奶，不时地给妈妈搔痒。猴子玩得特别开心，跳跃飞荡，追逐打闹。不忍心打搅它们，绕道从一巨石上攀爬过去，山路急转直下，攀着竹丛、树枝、藤蔓，跌跌撞撞地下到沟底。面前是一条小溪，像一条银白色的绸带在山谷里飘摆。蹲在河边轻轻掬一捧，润湿干渴的嗓子，洗净面颊汗渍污垢，甘甜爽口的河水浸润着肌肤里每一个细胞，舒适惬意，驱走了劳累饥饿。

我们在一条幽深的峡谷里，看到旁边土坡上有新翻的泥土痕迹，石头被掀翻，小树被拔得东倒西歪。我们屏住呼吸，定睛细瞅。山坡上有头锈褐色体毛、与家猪十分相似的野猪，它将被毛稀少的尾巴翘起，尾尖打个卷儿。

我们都很莫名其妙，向导悄声说那是野猪用尾巴的活动形状来发警报，告诫同伴遇到危险赶紧躲避。果然，前面传来一阵杂乱的声音，声音向东而去，越来越小。

向导说，野猪的凶猛，是要老虎、黑熊、狼也让得几分。成群的野猪不可怕，哪怕把你围在中间也没事。单个的野猪异常凶狠，一旦遇见不能慌张，先原地不动，不能蹲下，这对它意味着进攻信号，不要刺激它，面向野猪慢慢倒退，直到退出它的视野。如果野猪追来了，要么往山下跑，野猪跑下坡路太快时会伤了蹄子；要么爬上至少碗口粗的树，野猪锋利的牙齿能咬断小树；要么站在原地不动，等野猪冲过来时迅速闪开，野猪就那一猛头，从来不回头的。他说，前些年村里狗多，七八只狗能围住一头三四百斤重的野猪，野猪跑不掉了，便退到坡跟前，用屁股抵着，不动弹，狗也不敢扑过去，只是围着狂吠。

走累了，我们坐在竹林里的一根朽木上歇息，听向导讲那猪熊霸的事。有年夏天，他在秦岭山里挖药材，接近密林深处一个荒草坪时，突然听到阵阵"轰——轰——""杭——杭——"的嚎叫声，伴随着石头滚动的声音和树木折断的"喀吧"声。他不知道发生了什么事，吓得躲在一棵大树旁。他想转身，又忍不住好奇。蹑手蹑脚地爬到草坪边缘，他被眼前的景象惊呆了——一头野猪和一头黑熊正在为争夺地盘大打出手。他偷偷爬上一棵枝叶繁茂的大树，把自己隐藏起来，从枝叶缝隙朝那里张望。

荒草坪中央有个山包，黑熊和野猪都想往那里站——山包视野开阔，容易发现敌人，可以迅速逃跑。它们的重量相当，都有二百来斤。黑熊全身毛色漆黑如墨，略带光泽，胸前有道"V"字形白色斑带。野猪的毛色酷似黑色，杂有一些锈褐色，张着血红大嘴，露出白晃晃的长獠牙。它们打得难分难解，异常激烈。野猪猛冲过来用长长的嘴巴拱黑熊，还没挨上对手，黑熊灵巧地躲开了。黑熊冲上去几掌打得野猪乱滚，趴在地上直哼哼。野猪没有还手的机会，打不过就跑了。它没逃离战场，钻进树丛卧着歇气。黑熊站在山包上，不断掀石头，把石头推下去，又一根根拔小树。就在熊发威时，野猪已恢复了体力。

第二个回合，两者开始势均力敌。熊力气消耗太大，很少能把猪打翻，用嘴咬时也难以命中。猪把熊拱翻的时候多了，猪一猛头撞过来，把熊拱起五尺多高，推得熊乱翻跟斗，痛得"轰——轰——"直叫。猪还是难以取胜，败下阵来，又去歇气。熊又故技重演，发威风耍脾气，掀石头拔小树。黑猪又回来挑战了。这次，野猪明显地占了上风，把熊打得无招架之力。野猪把熊拱得弹起老高，熊痛得"嗷——嗷——"直吼。持续好长时间，熊是一身血，猪是浑身血，它们"呼哧、呼哧"的喘气声传得很远。最后，黑熊一瘸一拐地走了。野猪站在山包上，兴奋地摇头摆尾，"哼——哼——"地欢呼胜利。

山里有种说法"一猪二熊三老虎"，意思是说野猪比黑熊、老虎厉害。向导说，很多时候，野猪和黑熊争斗，往往是两败俱伤，谁也占不到便宜。

野猪凶猛厉害，却害怕豺狗，真是一物降一物。豺狗的模样像狗又似狼，个头不大，擅长团队作战，很讲究战术。豺狗是武林高手中的"下三烂"，最拿手、最致命的套路是掏猎物肠子，技艺娴熟，几乎不失手。这手段显得阴毒上不了台面，可它们不管这些，只要能把猎物弄进嘴里，你们怎么说都行。

向导的爷爷亲眼见到，一群豺狗围住一头野猪。野猪且战且退，一直退到田坎下，把屁股紧贴在土坎上，保护着要害部位。群豺只是围着，并不进攻，便有两只豺跳上田坎，伏于野猪身后。野猪把全部精力用来对付正面攻击，没提防后面的阴险伏击。后面一只豺突然跳下来，落在野猪前膀上，迅疾地伸出前爪，抓破右眼。野猪疼得直叫唤，发疯似的乱撞乱跳。另一只豺瞅准时机，蹦下来抓瞎左眼。正面进攻的豺跃上来给肛门一爪，还有一只跃上来再给一爪。几个回合，野猪肛门被抠出个大洞，鲜血粪便直流。一只较大的豺跳上猪背把肠子掏出来。大家伙儿拉的拉、咬的咬，把肠子拖出老远。

"现在山里有豺狗吗？"我问。

"少得很了。"向导说，几十年前到处都是，这些尖耳黑嘴的丑陋家伙，一窝蜂地到处乱窜，嚣张得很。现在很少见到，偶尔发现一头死去的野猪或羚牛，肛门有个大洞，肚肠被掏空，就知道是这些家伙干的……

野猪对庄稼的毁坏是最大的，獾、熊也糟蹋庄稼，可不像它那么厉害。辛辛苦苦种下的庄稼，稍不留神，一夜间就让它们给毁了。成群的野猪结伙出动"扫荡"，趁着夜色进入玉米地，撞倒玉米秆挑选玉米棒子，碰到颗粒不饱满的不吃，见到好的啃几口扔掉。一夜间，一群野猪足以把几亩、几十亩庄稼糟蹋了。与野猪"战斗"可不是件浪漫的事。人们想尽办法，在庄稼地边围上篱笆，地里插上穿着旧衣服的草人，夜里点火、吹号、敲锣、放鞭炮。这些手段都用了，根本制不住这些刁蛮凶猛的家伙。去年秋天"猪害"才叫严重呢，它们成群结伙，横冲直撞，连吃带拱地，硬把村里人家的玉米吃光了。玉米棒子刚刚灌浆，野猪就来了。他们点上火把，拿着棍棒，牵着黄狗，敲起脸盆，大声吆喝，想吓跑它们。人一靠近，它们溜了，人前脚走开，它们后脚又来，和人玩起"捉迷藏"……"拉锯战"持续三个晚上，第四天晚上它们不去了，野猪已吃光他家的玉米，转移到另一家地头。

向导开始抽烟，浓重的烟雾包裹了他。沉默好久，他的情绪缓过来了。对于庄稼人来说，再苦悲的命运，再艰辛的生活，都默默地承受了。野猪吃光了今年地头的玉米，第二年还会种上玉米，不会让地荒着手闲着，大不了叹一声"俺命悲哩，摊上了野猪"，之后该干啥还干啥，这就是庄稼人。

"为啥不拿枪打？"我问。

"枪早让政府收了。其实野猪也有好处哩，有些野公猪胆大，趁着夜深人静蹿进猪圈，与家养母猪'亲热'，产下一窝杂交猪。这些猪仔虽说长相难看，但是不染瘟疫生长快，瘦肉多，价格高。村里每年都有几起野猪与家养母猪交配怀孕的事，给俺们增加了不少收入……"

大家松了口气，又继续在悬崖峭壁间攀援前行。约莫过了个把小时，已是黄昏，我们到了个地势开阔平坦的地方，向阳避风，竹类丛生。坐下休息，吃了干粮，喝了泉水。林间太阴，我们怕感冒，不可久待。准备起身时，突然从旁边山坡传来一阵山崩地裂的响声。一群野猪嚎叫着从密林深处冲出来，沿着山坡向西狂奔。它们龇牙咧嘴，瞪着眼睛，锋利的獠牙上挂满野草。这群野猪有二十多头，一字排开，朝前冲去。颜色多为黑色，也有麻灰色、棕色和白色的，发出"哼——哼——""哼唧——哼唧——""哼——哼——"的声音。向导示意趴着别动，要不野猪发现了，可就有危险了。野猪所经之处，小树歪倒，草类尽折，石头翻滚，有几块落到了我们身边……

野猪弄出的响声消失了，山谷又恢复了宁静。浮上我们心头的惊惧，却如粘贴在身上的万能胶，怎么也扯不下来。

三官庙听鸟

鸟儿是秦岭跳动的音符，秦岭因鸟儿的存在而灵动，添了情趣和韵味。

秦岭是南北动物的交汇带，鸟类多达五百余种。鸟儿的鸣声表达复杂的情感，传递独特的信息，引伴、结群、转移、隐蔽、觅食、营巢、报警、进攻、歌咏、求爱、高兴、烦恼、惊恐，高亢的、悠扬的、浑厚的、缠绵的、哀婉的、纤细的、短促的、激动的，组成一支大合唱。

曙光还未升起，耳边就传来阵阵鸟鸣，骤急如筛豆子，打破清晨的宁静。我穿衣起床，信步走出三官庙保护站院子。薄雾款款，青山隐于其间，清幽润泽。院门外是一片平展展、绿油油的草地，缀满星星点点的野花，含着轻露，鲜润欲滴。草地两边就是树木、竹林，鸟儿们在那里沐浴晨曦，梳羽理翅，招引伴侣，尽情高歌。

大山雀高高站立枝头，"嗞嗞规——嗞嗞规——"尖锐细微，清纯甜美，富于韵味。大山雀形体比麻雀还小，却是山雀中的大个子，全身黑色，唯有脸部一片白，行动敏捷，如一群快活的小精灵。黄腹山雀"嗞规——""嗞规——"声音连续而尖细。棕头鸦雀不贪睡，十来只一群，竹丛间"吱——吱——吱"叫着，边鸣边跳，十分忙碌。

黄鹂羞答答地躲进树荫，鸣声圆润流畅，清脆悦耳，如行云流水般动听。它们箭一般穿梭着，金光闪闪，转瞬即逝，宛如流星。啄木鸟发出"笃——笃——"声，远处可闻，也是繁殖期求偶占区的信号。灰胸竹鸡橄榄褐色，与地面颜色极似，"呱呱咕——""呱呱咕——"不知道身在何处，那连绵响亮的叫声却暴露了自己。

四声杜鹃格外多情，"豌豆花壳、豌豆花壳——"雄浑嘹亮，响彻山谷，通宵不歇。这时却安静了下来。三声杜鹃放开独特的歌喉，"归——归阳——""归——归阳——"越叫越快越响，叫了几声又突然停下来，让人捉摸不定其行踪。三声杜鹃，又叫阳雀，叫声凄凉哀婉，足以触动人类心底那最敏感、脆弱的神经。每天能为人类捕食一百五十多条害虫，是一般鸟类捕虫量的几倍。然而，它却算不上一个称职的母亲，自私而绝情，缺乏最根本的母性，从不做窝，不会孵卵，更不育儿，把蛋产在莺、画眉、山雀巢里，让它们孵化。

屋檐下的燕子睡醒了，把头伸出泥巢口，发出单调轻微的短哨声。不久便三三两两冲向蓝天，那剪刀似的尾翼在晨曦中划出优美的弧线。历代诗人咏燕子的诗句很多，如刘禹锡《乌衣巷》："朱雀桥边野草花，乌衣巷口夕阳斜。旧时王谢堂前燕，飞入寻常百姓家。"又如李白《双燕离》："双燕复双燕，双飞令人羡。玉楼珠阁不独栖，金窗绣户长相见。"

是时，我为一只歌声嘹亮、雄姿英发的画眉所吸引。画眉是鸟中歌星，立在一根竹枝上，头高昂，尾内勾，鸣声急促，如同两个南方女子吵架，响亮多变，悠扬婉转，高低起伏。

太阳出来了，升腾的雾气和着金色的光芒，醉人的山林更加光彩夺目。我独自坐在东河边，轻轻闭上眼睛，沉醉在鸟儿的合唱中。我又听见一阵阵酷似笛鸣的叫声——枝头两只鸟，正在一唱一和。那是佛坪绿鸠，以本县命名的特有种，雄鸟上下背暗绿色，雌鸟上背绿色，下背暗绿，形似野鸽，有些纤瘦。

林中百鸟齐鸣，柳莺的体型最小，嗓门却最大，婉转动听，顺耳舒心。忽听得一声陌生的叫声，清亮而高亢。河乌，身着黑褐色羽衣的"歌唱家"，飞出来落在离我不远的树枝上，尾羽不停地上翘。河乌是真正的水边居民，一生伴水而居。三官庙的人说，他们很少见过河乌的巢，那巢藏得极隐秘，往往让人意想不到。

人鸟情

　　大古坪群山环抱，茂林修竹，碧水蓝天，是一处清幽僻静之地。这样的地方，自然成为众多鸟儿的乐园。那天清晨，我们早早起床，拿着相机，轻手轻脚地来到村外。太阳还躲在山背后，只把东方烧红半边天，晨曦中的大古坪宁静着。画眉起得早，可着嗓子号召了一声，柳莺、山雀、太阳鸟、相思鸟纷纷响应，嗓音本色当行，清脆婉转，悦耳爽心，沸腾了山林河谷，荡漾在村庄上空。这样的大合唱天天上演，村人不觉得烦，要是哪天没听见反而心里空落落的。

　　村外路边有几棵粗壮高大的泡桐树，花事正浓，枝头挂着一嘟噜、一嘟噜状似小喇叭的花朵，漫卷着一片片淡紫色的轻云。

　　小巧玲珑的太阳鸟像蜜蜂般成群飞来，发出尖细的叽叽声，在泡桐树枝间翻飞啄食。它们体型纤巧，只有拇指那么大。艳丽的羽毛发着金属般的光泽，头蓝腹黄，通体猩红，长尾飘逸，喙细长而下弯，边缘具有细小的锯齿。你看那细长的喙像个注射器，舌头就是个可伸缩的吸管，自如插入花苞底部吸食花蜜。它们还能准确知道哪朵花有蜜，对无蜜之花，绝不光顾。

　　村人老王给我们讲了两个和鸟儿有关的故事：一个太阳鸟巢建在这条小路边，混在一片竹丛中，离地面一米多高，隐藏得极好。巢内有四颗白色的蛋，已经孵化了好些天，眼看小鸟就要出壳了。老王也是偶然发现的，这时村里一位老人谢世，运灵柩到墓地要走这条路。他就和老人的儿子商量，主丧人采纳了他的建议。出殡时，浩浩荡荡的送葬人群，行至距鸟巢三十米处，离开小路，沿荒地而行。鸟巢平安了，太阳鸟幸福地履行着妈妈的职责。两天后，四只小鸟全部出壳了。

"你看，它们已经长大了，正在那树上啄食呢——"老王指着一个泡桐树，颇为得意地说。

老王说，鸟儿通人性，既有感恩心，也有报复心。几年前，有个外地人住在他家，院子里有棵椿树，上面栖着只不知名的小鸟。有天上午，那人吃完主人烧烤的玉米棒，随手扔出屋子，不小心碰着了鸟儿。鸟儿没有受伤，只是受了点惊吓，却把那人记住了。自那以后，鸟儿开始对那人发起"攻击"：他一走出房门，鸟儿便像离弦之箭俯冲下来，他急忙躲闪，鸟儿一个盘旋上升，又直直地冲下来，旋即发起第二次俯冲。每次"攻击"之后，它都会飞到椿树上歇息，等待下一次进攻。那人每次都幸运地躲过了，他还是担心，万一被鸟儿锋利的尖喙啄了，那还了得！

几天后，他打点行囊，匆匆离开这里。临行前，鸟儿瞅准时机，发动了最后一次"闪电战"。速度太快了，他根本来不及躲闪。"完了！"那一瞬间，他的脑海里只闪过这两个字。

"奇怪，头怎么不痛？"他下意识地摸摸头，梳理齐整的头发有点凌乱。鸟儿是擦着他的头发梢急速掠过的，并没有使用那锋利的尖喙武器：鸟儿是以这样的方式为"敌人"送行呢。

那人感激地抬起头，椿树空了，鸟儿飞走了。"再见了，勇士……"那人喃喃自语。

"呆鸡"有爱

秦岭堪称"雉鸟家园"，有许多体态优美、羽毛艳丽、鸣声悦耳的野生雉类。这些花花绿绿的家伙很讨人喜欢，引得不少外地人专门来观赏。

有一种雉鸟叫红腹角雉，外号"娃娃鸡""呆鸡"。据说，这外号是佛坪人取的。佛坪人喜欢给人或动物起个外号，反映其某方面特点，居然生动准确。红腹角雉叫声似婴儿啼哭，得名"娃娃鸡"；加之反应"迟钝"，便被戏称为"呆鸡"。

不久前，我跟随向导进山探访红腹角雉，正是循着"哇哇"的叫声找到它们的。

我们轻轻拨开灌丛，弓着腰慢慢接近，走了十几米，向导打手势要我们停下来。那"哇哇"声就在耳边，却不见其踪影。向导指着左边一米远处一处悬崖说，就在那儿。果然，一只雄性角雉在悬崖下脖子一伸一缩，嘴巴一张一合，有节奏地发出"哇——哇——"的声音，像极了婴儿的啼哭。

正是中午，光线很好，悬崖周围没有树木遮挡，我们看得非常清楚。向导解释说，你看它的头顶生着乌黑发亮的冠羽，两眼上方各有一钴蓝色的肉质角状突起；顶下生有一块图案奇特的肉裙，两边分别有八个镶着蓝色的鲜红斑块，中间黑色衬底上散布着天蓝色斑点。全身大红色，散布着圆圆的灰色斑点，就像红色锦缎口撒满大大小小的珍珠。

我不小心踩断了一截枯枝，这声音惊扰了它。它停止鸣唱，却没马上隐藏或是飞走，而是左看右瞅寻找声音的所在，直到发现我们了，才慌忙钻入旁边灌丛。后来又遇到一只，我们是走扇形而非一字形，它可能觉得走投无路了，竟然把头钻入草丛，以为藏住头就没啥事，哪还管暴露在外的身子。这家伙真是呆头呆脑的，反应迟钝不说，还傻得可爱，怪不得佛坪人叫它"呆鸡"。

向导说，别看这家伙平时傻不拉叽的，感情却不傻，用情专一。雄鸟算得上"模范丈夫"，晚上睡觉先给妻子占个好地方。天蒙蒙亮，就开始大哭大叫，叫喊累了下到地面觅食。两只强健的爪子左右开弓，将杂草、树叶拨拉开，尖嘴一下一下地啄，寻找可口的嫩枝、果实。碰到昆虫这样的美食，自己舍不得吃，"咕、咕、咕"唤妻子来享用。

动物世界极少有强奸犯，再好色的雄性也很少凶猛强迫异性交配。与人类一样，雄性主动求爱的时候多，它们使出浑身解数，追求属于自己的幸福。我们有幸目睹了"呆鸡"的求爱过程。

这是一片高大的桦树林，下面没有竹子，草也稀少，视野很开阔。两只"呆鸡"在一棵树下啄食，雄鸟的角和肉裙鲜艳奇特，雌鸟的羽毛呈棕黑色，不如雄性靓丽多姿。这身装束却与周围环境很搭配，不显山露水。我相信，即使眼睛锐利的鹰也极难发现。

雄鸟先是不时摆动头部，低头垂翅，绕着"心上人"转圈。哪知对方并不领情，把整个兴趣集中在觅食上。突然，雄鸟昂首阔步，将头一下一下地点，黑黑的脑袋顶上拱出两个肉芽，眨眼间长大延长，充气一样站立起来，成了钴蓝色；脖子下面伸展出鲜艳的"肉质"围裙，帷幔一样吊挂在胸前。"肉裙"是钴蓝色与鲜红色镶嵌，上面装饰着黑色圆点。尾巴张开成一把扇子，翅膀半张成一把更大的扇子。脚下踏着节奏，头上的角像弹簧一样摆动，"肉裙"上下左右舞动，两把"圆扇"微微颤抖。

这一下子就把"心上人"震住了，她傻呆呆地看着"帅哥"的精彩表演。"帅哥"受到鼓励，一边继续搔首弄姿，一边慢慢靠近，几乎挨在了一起……

　　"帅哥"精神头十足，用喙在妻子的颈部轻吻几下，然后到一边用爪子翻拣食物，遇到可口的美味，又"咕、咕、咕"地召唤妻子。

拯救金雕

曹庆曾陪我走过凉风垭、三官庙、大古坪，一路上给我讲了好些秦岭动植物知识和保护大熊猫的事，她的博学和敬业让我心生敬意。而她救助金雕的事，更让我感受到秦岭人给予动物的慈悲与爱心。

她是大学毕业后来佛坪的，先在龙草坪林业局，后来到佛坪保护区，与她一同分配来的还有三位西北林学院毕业的女大专生。森工企业向来是男人的天下，来了四个女大学生，男人们把她们当熊猫一样看。若干年后，"四朵金花"中的三朵花去了关中平原绽放，唯有她还在秦岭深处，不但盛开着，而且很艳丽。曹庆早早地评上了高级职称，成为当时佛坪保护区最年轻的高级工程师，也是唯一的女高级工程师，还拿到西北农林科技大学的硕士文凭。她是科研项目的主要参与人、主持人，独立建立维护单位门户网站，主编对外宣传刊物……

那天，曹庆他们从大古坪保护站出发沿西河做竹类样方调查。返回途中，一只黑色的大鸟擦过他们向前滑行飞去，停在前方不远处的河道上。他们就地伏身以免惊吓了鸟儿，十多分钟后，继续往前走。那只鸟就停在河道中央的巨石上，头耷拉着，有气无力，精神沉郁。他们从三个方向隐蔽下来拍照，慢慢靠近，试图缩短与它的距离。

它试图飞起，却落在两米外的一块石头上，摇摇晃晃掉进水里，气息奄奄，命悬一线。他们没有迟疑，赶忙跑过去从水中捞起来，轻轻擦干它身上的水珠。曹庆脱下迷彩服包住，为它保暖，它没有挣扎，也没有力气挣扎了。

这只鸟全身羽毛栗褐色、飞羽基部白褐色斑纹，趾黄色，爪黑色，喙带钩，坚硬锋利。那双利刃般的爪子能一下子撕裂猎物皮肉，扯破血管，甚至扭断猎物脖子。原来是只金雕。

金雕强悍凶猛，常在高空一边呈直线或圆圈状盘旋，一边俯视地面寻找猎物，发现目标后，便以迅雷不及掩耳之势从天而降，最后一刹那戛然止住扇动的翅膀，牢牢抓住猎物头部，将利爪戳进猎物头骨，使其立即毙命。古巴比伦王国和罗马帝国，将其作为王权象征。忽必烈时代，强悍的蒙古族猎人驯养金雕捕狼。

他们喂火腿肠和花生米，它不张嘴；试图用草叶喂水，也不理睬。那双鹰眼不再炯炯有神，却依然让人胆寒。同行的哥伦比亚籍男子为防止其啄人，用胶布封了它的喙，李宇抱起它检查伤情。看似温顺的它，一下子暴怒起来，用钢钳般的利爪狠劲抓李宇，仿佛在怒吼："我是翱翔蓝天的英雄，不需要你们的怜悯，给我滚开——"

曹庆赶回保护站寻求帮助，其他人原地等候。曹庆一路跑着，飞快地跑着，往日两个半小时的山路，这次只用了一小时十分钟。

王站长安排人接应，大家轮流抱着它，有气无力地回到保护站。真是英雄气短！此时此刻，它躺在曾经不屑一顾的人类怀里，头耷拉着，双翼不再翕动，锋利的爪子也不抓扯，似乎比抱它的人更加疲累。

王站长从职工食堂拿来新鲜猪肉，同行的徐卫华博士把肉切成一小片一小片的，用一根细长的小棒挑着，慢慢送到它嘴边。它对人们的举动反应淡漠，眼皮耷拉，眼神深邃凶恶，嘴巴紧紧闭着。他们没有泄气，一次次坚持把肉递到它的嘴边。也许是饥饿之极，也许是被爱心打动，过了一个多小时，它慢慢张开嘴巴，叼起肉，脖子一仰吞下去。它一片一片地吃，一刻不停地吃，吃完了他们准备的"爱心大餐"，它的眼神变得温柔起来。保护站食堂要改善伙食，下午做香菇炒肉、水煮肉片。王站长笑着说，下午咱们别吃肉了，都留给它吧。

保护站的职责是保护野生动物，向来认真尽着那一份责任。金雕属国家级保护动物，他们更是尽心尽责，没有半点马虎。哥伦比亚籍男子提议将金雕送到鸟类救助中心，可是附近没有，送到汉中、西安，也许半道就已命归黄泉。大家商议后决定，就地救助，等到身体恢复，就把它放回蓝天——秦岭才是它最舒适的生活家园。再次"进餐"，金雕胃口开了，吃得很多，看他们的眼神里没了敌意。王站长拿来一大块洁净的床单，把它包好安置在库房里，动作很轻柔，像侍奉襁褓中的婴儿。

第二天要离开了。临走前，他们轻手轻脚地走进库房，金雕已挣开裹着的床单，站在库房窗口的大木箱上，傲然屹立，眼神恢复了野性的凶悍。

"再见，英雄——"

曹庆说，金雕身体恢复后，保护站把它放归了山林。

放归那天，人们把它抱出库房，放在院坝上，喂了最后一顿美餐。吃饱后，它慢慢走了几步，将眯着的眼睛睁大，突然双翅展开，扑腾腾飞上蓝天，在保护站上空盘旋了三圈，然后朝西河方向飞去，融入了蔚蓝天幕。

金鸡求援

金鸡是一种非常漂亮的鸟，有"鸟中美人"之称。它们拖着美丽的大尾巴，凤凰一般，嘎嘎叫着，活跃于秦岭。三官庙金鸡很多，走在山路上，随时都会遇见。它们不避人，常飞到农家门口，在院坝上踱来踱去。村民将其视作吉祥之鸟，从不伤害，有时还给饿极了的金鸡喂自家产的粮食。

山林寂静无声，偶尔飘来一两声清脆的鸟鸣，更显出这片林子的幽静。一只橄榄褐色的小家伙愣在面前五六米远处不敢动弹，惊恐地瞪着我们。我们很好奇，向导说那是只小林麝，最是胆小，肯定是被咱们几个庞然大物吓坏了。佛坪人把林麝叫香獐，雄獐腹部生殖器前有个香囊，那里有麝香。它能攀登陡峭的山峰，跳上垂直的树干，随意攀爬细小的树枝。这几年已很难见到它了，向导说完，两个手指搭在唇间："嘘——"小獐子四脚一瞪，唰地蹿进林丛。

沿着一条羚牛踏出的小道，我们慢慢向山顶攀爬，听见不远处发出"沙沙沙"的声音。向导说那是鸡类或小型兽类踩在枯枝落叶上的响声。"嘎唧——嘎唧——"声音清脆悦耳，远远飘来。

"前面有一群金鸡，咱们去看看——"向导所说的金鸡是当地土名，学名红腹锦鸡，双腿细长，善于奔走，速度极快，受惊时先急促奔跑，后展翅飞翔。食性杂，雄性常在岩石间徘徊，主动出击捕食；雌性大多蹲伏窥视等待时机，以突袭方式获食。

向导说，每年四月，是金鸡繁殖季节。雄鸡在山谷间频繁鸣叫，彼此呼应，经久不息。雄鸟以英俊华丽、五彩斑斓如锦的羽毛，招引雌鸟，互相追逐。雄鸟间为争夺配偶，展开激烈大战，格斗异常凶猛，场面惊心动魄，甚至斗得羽毛脱落，头破血流。向导曾见过两只雄鸟格斗的场面：它们虎视眈眈，充满杀气，面对面摆开架势。双方跃起身体，扬起强而有力的利爪，张开尖利如锥的嘴锋，猛烈抓啄对方，弄得尘土飞扬……搏斗持续十几分钟，直到失败者落荒而逃。获胜者迅速奔向雌鸡，绕着"心上人"跳跃急驰，然后站在"心上人"对面，跳起邀请舞，竖起羽冠，展开橙棕色披肩，现出背上金黄色羽毛，闪耀深红色胸羽；靠近"心上人"，翅膀徐徐低压，另一侧翅膀翘起，发出轻柔的鸣叫声，倾吐情话。

向导说，金鸡把窝筑在竹林、草丛或岩洞中，隐蔽性好，产下的蛋不易被发现。幼鸡一出壳，就能跟着母亲活动觅食。雌鸟纯朴善良，性情温驯，情深谊厚，一旦雌鸟失恋，终身守着贞节。

我们目睹了它们漂亮的身姿，屏住呼吸，蹑手蹑脚地靠拢过去，前方约十米远处，一只金鸡神气地踱着步，鲜艳的羽毛格外显眼。一只，两只……我下意识数起来。十六只色彩斑斓的金鸡呈现在眼前，十只雌的，六只雄的。雄性体形略小于家鸡，头顶金黄色丝状羽冠，颈披橙黄色扇状羽毛；毛色鲜亮，上背深绿，下背金黄，胸腹朱红，头、背金光闪闪，下体鲜红夺目，拖着长长的尾羽。它的美是语言无法描述的，那一刻我感到自己语言的贫乏与苍白。

它们沿着竹林边缘向左侧山坡移动，不停地刨着地上腐烂的树叶、杂草，翻捡着可口的美味，不时发出醇厚悠长的鸣声。雄鸡们三五只一起，不停地围着一只雌鸡打转，炫耀自己的羽毛。有趣的是，一只雄鸡把队伍中的一只雌鸡逼回竹林，神魂颠倒地搞起"侧炫耀"来。它们过惯了悠闲、平静生活，并不喜欢人打扰，看见我们走近了，不慌不忙地踱进林子，高高举步，昂首阔步，神气十足。

一只通体红色、拖着长长尾羽的鸟儿忽然朝我飞来，掠过肩膀，落在我左后方五米远处。我惊讶地转过头来，那只鸟又擦过肩膀，落在我的右后方。来回这么三次，我终于看清了，是一只金鸡。"这鸟是怕人的，今天咋这么反常？"我有些迷惑，不知所措地望着向导。

他神秘兮兮地说："你看，鸟儿向你求救哩——"他用手指着左前方十多米远处一棵冷杉树，"噢——那不是个雀鹰吗？"

那棵冷杉高大茂盛，枝上蹲着只雀鹰，一动不动地盯着我身旁的金鸡。金鸡吓得哆嗦不止，羽毛耷拉，极度惊恐。我还未明白过来，向导麻利地捡起块鸡蛋大的石头，"嗖"地一声砸上去。

石头从雀鹰身边飞过，没砸中，却把它吓得够呛——向导是故意让石头偏离目标的。雀鹰尖叫着，摇摇晃晃飞过草甸，落进冷杉林，几片褐色羽毛慢悠悠地飘舞在绿油油的草甸上空，跌进羚牛群。一只雄壮的哨牛发出几声惊叫，沉闷短促，羚牛们纷纷站起来，惊疑地四处张望。哨牛们来回奔跑，狂躁不安，直到确认没有危险，牛群才恢复了平静。

救助秃鹫

那一年冬天雪多，当地少见的猛禽秃鹫找不到食物，被"困"在佛坪。野生动物管护站的人把它救助康复，几次放回蓝天，它却"赖"着不走，演绎了一段感人的人鸟故事。

一只大鸟矗立在彭家沟村一农户家旁，一天一夜不吃东西，也不肯离去。当天下午四点多，抢救人员闻讯赶到现场，发现它呆呆地站在雪地，耷拉着翅膀，神情恍惚。人们走到跟前，它不飞也不跑，努力着想站稳，却不停摇晃。这家伙身高六十多厘米，身长近一米，绒羽呈褐色，铅蓝色的颈部裸露，浑身暗褐色，喙像一把大钳子，状似金钩，非常尖锐。这样的身板和暗藏霸气的模样打眼一看，就知道是秃鹫，又叫秃鹰、座山雕。体型庞大，展翅飞翔时两翼可达两米以上，傲视长天，不可一世。可它捕食时格外小心，生怕上当受骗。一旦发现地上躺着猎物，便在空中慢慢盘旋，仔细观察。要是猎物还不动弹，就飞得低一点，悄悄降落到附近，悄无声息地接近。只见它张开喙，伸长脖子，展开双翅随时准备起飞。又走近些，发出"咕喔"声，见猎物毫无反应，才用喙啄一下，马上又跳开去。最后一次试探，感觉没有任何风险，这才放心饱餐。

那时谢福录是县野生动物管护站的站长，管理着县境内除佛坪保护区、观音山保护区外的野生动物。他还创办了秦岭野生动物驯养繁殖实验场，人工饲养繁殖环颈雉、红腹锦鸡、红腹角雉、白冠长尾雉、勺鸡、血雉，想走以资源开发促进珍稀动物保护的路子。

当天晚上，抢救人员把它送到这个实验场，进行治疗。先扳开嘴，服用治胃病和驱虫药，又为它检查身体。秃鹫是吃肉的，他们把新鲜猪肉切碎捣烂，担心消化不了，就一点点慢慢地喂。

怕它不张喙，准备扳开喙强行喂。谁知秃鹫饿极了，一副不管不顾的模样，张开喙就把肉末吞下去。他们放心了，把盆子放在面前，让它随便吃。它才不客气呢，极快地叼着吞着咽着。经过一段时间的治疗喂养，秃鹫康复了。人们决定放回蓝天，就把它带到窑沟附近山上，不再管它。它站在地上，就是不肯飞走，眼睛一直瞅着人，神情温柔和顺，没有一丝凶光。他们一走，它就跟在身后，他们停下来，它也停下来。

他们把秃鹫放了五次，每次都是人刚走，它又飞回来。"这家伙把我们'赖'上了，你看身体都好了，可就是不想离开，撵都撵不走。我们只好把它养着，秃鹫和我们有了感情，听话得很，只要一叫唤一招手，它就过来了……"谢福录站长的话语里充满爱怜与自豪。

血雉之爱

　　血雉是一种色彩鲜丽的鸟儿。我们在光头山那些日子，几乎天天和它们打照面。

　　我最早是从梁启慧先生那里知道秦岭血雉的。老梁写过研究血雉的科普文章，里面配有很美的血雉照片。老梁爱好摄影，用镜头记录下自己的兴趣与体悟，记录下时间的破碎与完整，记录下动物的习性与命运。他第一次在光头山考察拍摄羚牛时，距离牛群只有两米，刚按下快门，羚牛猛冲过来。他撒腿就跑，跑了二十几米，遇到一根横倒在冷杉上的大树，急忙爬上去。仅有标头的海鸥DF相机拍下的那幅羚牛头特写照，发表于《野生动物》杂志，让自己激动了好一阵子。又一次，他钻进牛群，对着两头大羚牛拍摄，公牛被快门响声吓跑了，母牛掉头就撵。附近没有树，他拼命往林子里钻，刚攀上树，羚牛也追到了树下。他是吓坏了，两小时后才缓过神来。有一年冬天雪多，光头山积着厚厚的一层，他冒着零下二十多摄氏度的严寒来研究拍摄血雉。帐篷搭在小木屋里，把带来的衣服全穿上，再裹上两个鸭绒睡袋，还是冻得睡不着。第二天早晨起来发现，帐篷表层竟然结了冰。向导是当地农民，很能吃苦，也受不住开始罢工，他才恋恋不舍地离开。

　　一群色彩斑斓、形似家鸡而略小的鸟儿映入眼帘。它们在冷杉树下的苔藓和落叶里啄食，发出"沙沙沙"的声音。向导说这是血雉，当地人称衫花鸡。血雉与其他雉类一样，擅长奔跑而不善飞翔。据说，如一只受伤，其他的返回原地窥视，并在死伤者周围盘旋。

相距十米，我们蹲在地上仔细观察：有二十来只，俯身，昂头，翘尾，扑闪着翅膀，跳跃移动，不时用嘴叼起苔藓、嫩芽和昆虫。血雉的喙、爪、眼圈鲜红，雄鸟头顶部灰色，有白色羽干纹，后头部羽延伸成羽冠，美丽而华贵；雌雄异色，雌鸟羽冠棕褐色，向后转为蓝灰色。薄暮黄昏，柔和的夕阳使山林一下子幽静起来。它们在这幽静里自娱自乐，享受生命的欢畅悠闲与饱腹后的满足优雅。有的梳理羽毛，有的静静站立，有的互相凝视，有的抬头张望。

要在动物世界寻找一生一世相恋相爱的身影是件难事，雌雄双方都会伺机再行选择更优秀的性伴侣，以期留下更优良的后代。然而，有的动物却能长期保持情有独钟，对性爱和婚姻终生不渝。豺狗是比狼小却比狼凶残的家伙，以熊猫、羚牛、牛、羊等为食，自然得不到我们的好感。这家伙却对婚姻爱情忠贞不贰。豺狗夫妻一生过着稳定的家庭生活，彼此相亲相爱，白头偕老。小豺们也懂事，乐于帮助父母做事，甚至成年的叔伯阿姨甘愿为这和睦的大家庭多尽力，迟迟不去建立自己的家庭。

血雉也是爱情忠贞的典范。夫妻相敬如宾，朝夕相处，受惊跑散后，雄雉发出"归——归"的长音，雌雉则发出"归""归"的短音，一呼一应，朝着叫声处会合。夜间栖于不同树上，清晨雄雉先下树，鸣叫呼唤雌雉，声音甚是轻柔。会合后一起觅食，归巢时雄雉一直陪伴到巢边，待其入巢，才慢慢离去，雌雉孵卵时则在附近防卫警戒，甜腻之情让人动容。鸳鸯被我们视为爱情坚贞的象征，实际情况并非如此，它们才是些"好色男""多情女"，经常"越轨"偷腥，朝三暮四。

血雉警惕性高，胆子也很大。多年前向导带着游人来光头山，血雉对人有些好奇，不怎么怕人，常仰头呆立，打量人们的一举一动，还不时发出"咝——咝——咝"的叫声。他们离血雉最近时不过三四米，脚下踩断树枝或踢翻石头的声音也惊扰不了它们。绝大部分游人是文明的，尊重爱护动物的，然而，部分人的举动叫向导反感失望。这些人对血雉不怎么友好，怀着敌意和占有欲，或是大声吼叫，或朝着它们扔石头，甚至想方设法捕捉它们以满足口腹之欲。这样的人虽是极少数，然而带给血雉的命运却像一场噩梦，极大地破坏了人类与它们之间建立起的短暂互信与和谐。慢慢地，它们觉得这些两条腿的家伙远比老鹰可怕，对人多了恐惧和提防。要是人们大声喧哗，或离上八九米，它们便急慌慌躲开了。

曾经不怕人的血雉，现在怕人了。我们想验证一下向导的说法，遂向它们靠近。我们步子很轻，尽量不弄出一点响声，朝它们移动了两米多。它们就警觉地抬起头，惊恐地盯着我们。雄雉发出"咯咯"的报警声，雉群顿时惊炸了锅，一只雄雉飞上树，"扑腾腾"一阵子，全都飞上树，然后向山坡下方迅速飞去，躲进了密林深处。

放生竹溜

夕阳的余晖洒在微微翻动的枝叶上，泛着金黄色的光辉。河溪、枝叶上的水蒸气慢慢上升飘散，湿透了山林，冷却后凝成白云，飘浮在山顶。晚霞烧红了西边的天空，牛、羊、骆驼们在霞光里慢慢腾跃，静穆幻化成眼中一个个真实图景。

西河保护站旁边是一片竹林，茂密翠绿，好几处竹叶泛黄，没了生机。向导拿了个塑料桶准备做饭，提水回来，兴奋地说："今晚有好东西了，保准你们都没吃过……"

我们问是什么，他却笑而不答，从屋里拿出一个小镢头，直奔竹林，我们好奇地跟过去。竹林里有许多土堆，有的泥土很新鲜。他这儿瞧瞧，那儿望望，捏起土来，细细地瞅，又趴下耳朵贴着地面听，最后瞅准一个新土堆用镢头挖起来。我们困惑地看着，不知他葫芦里卖的啥药。

大约半小时后，我们听到地下传来一阵痰喘病人的呼噜声。老何挖得更起劲了。又过了半小时，他突然大叫："抓住了，抓住了——"我们围拢来，他倒提着一只黑褐色、体态像猫、蹄爪酷似小儿手脚的家伙。那家伙不停地挣扎着，嘶叫着，颤抖着。他迅速把它塞进塑料桶，盖上盖子，又从地洞里拎出一只，两只……五只。他提着桶大踏步回来。我们一再追问，他才神秘地说是竹溜。

竹溜是穴居动物，专吃竹根，肉肥嫩细腻鲜美，好吃得很，有"天上斑鸠，地上竹溜"之说。毛呈灰色，上下四颗牙锋利如刀刃。它在地下打洞迅速，前边两只爪子挖土，一双后腿向外推泥。身体的伸缩性很大，拳头大的洞穴，竟可捉到四斤多重的，最大的竹溜七八斤，小的半斤左右。

向导说，竹溜生活在地下，只能靠掏挖活捉。端午前夕，村民结伙扛锄，到竹林寻找竹溜。挖竹溜是对智慧与毅力的考验，要经过观山、认场、打藏环节。竹溜咬食竹根，使竹叶泛黄，人们便通过竹叶颜色辨认。

认场是辨认竹溜活动场所，依据从地下推出的泥土新旧及土堆大小判断，土新、堆大，便有竹溜藏身。方圆五六十步内没有出入洞口，就在土堆附近掏土寻踪。竹溜穴藏最浅不低于一尺，最深也不过三五尺。一旦发现洞口，则长不盈丈必有，一洞数只，走路缓慢，伸手可捉。

竹溜吃法很多，向导不厌其烦地道来，听得我们直咽口水。我们当中一个嚷嚷起来："杀了它，尝个鲜也不枉此行！"

"对！杀了它——"一个同伙操起菜刀，欲表现一番，他说在家里杀过鸡，把脖子一抹就行了。

向导一言不发，只是望着我，目光有些复杂。

"放了它吧！"我说。

"为啥？不吃多可惜……"操刀的同伙，眼里多了失望。

"禽流感都流行疯了，你们就不怕得，得什么怪病？"我急了，语气都变了调，"禽流感可怕得很，染上这只有见阎王，谁惹它谁倒霉，还不赶紧放了！"我纯属信口开河，只想吓唬吓唬这帮馋嘴的家伙，

"好嘞——"老何抓起袋子消失在夜幕中。后来他告诉我："我还是把它放进了竹林，那是五条命呀，我们不能吃。可话又说回来，它也糟蹋竹子，竹子死了，熊猫吃啥？"说这番话的时候，向导的表情同样复杂。

箭猪之箭

去年清明节假期，我在秦岭西河考察时，捡到一根豪猪身上的"箭"，还在红外相机里看到了豪猪。

周围是一片翠绿的竹林，竹子有酒杯那么粗，其间生着几棵高大笔直的桦树，林下铺排着落叶枯枝，像是地毯。小路就是从竹林中穿过，伸展向前方的山头。那根刚毛就横在小路中央层叠着的树叶上面，枯黄使黑白相间的"箭矢"格外扎眼。

我对秦岭里的一切皆感好奇，随手捡起来，问同行的西河保护站站长熊柏泉。老熊说，那是豪猪落下的防身武器。

这根刚毛，形似纺锤，粗如筷子，但比筷子要长，约莫一尺二寸，两头白色，是那种煮熟的鸡蛋清，夹着淡黑色，是慢慢浓到中间去的。一端粗些，色显微黄，是与皮肉相生的接头。另一端细而尖，异常锋利，摸一摸，仿佛触上了麦芒。

豪猪于我而言，并不生疏，但都来自于书本或他人讲述，没有亲眼见过。我问老熊，秦岭里豪猪多不？他回答，不算多。这家伙白天在洞里睡觉，晚上出来活动，填饱肚子，但我们有秘密武器可以拍到它。

听了老熊的话，我的好奇心一下子被悬挂起来。走了不远，老熊指着路中间一棵小橡子树，有些神秘地说："武器在这儿呢。"

顺着他的手势，看到距地面一米多高的树干上绑着个正方形的"铁疙瘩"，我顿时明白过来，这不就是老熊说过多次的红外相机嘛。有了这个宝贝，就可对野外进行多方面监测，大大节省了体力，提高了监测效果。许多非常灵敏的小动物，诸如夜间出来溜达的野物，人们拿相机很难拍到甚至无法拍到，但红外相机是守株待兔的那个"人"，却比人收获大多了，把消失多年的秦岭豹子都拍到了。

老熊掏出钥匙开了锁，一阵鼓捣后，让我贴近看，果然相机屏幕上闪出了一只豪猪，老熊不断按动，豪猪连同它周遭的树丛岩石清晰地映入眼帘，越来越近，最后只剩下一只豪猪了。

我就睁大眼睛，定定地瞅着，打量着这个从未谋面的朋友。

豪猪身材臃肿，有些畸形，头小身大，没有布封笔下马的优美线条与匀称身躯。就像河马不是马，豪猪也不是猪。豪猪与猪不同宗，没有猪毛，长得像老鼠，鼠眉鼠眼的，却不生鼠毛，生活习性倒与鼠很相似，时常出没于树丛洞穴中，喜欢啃食树皮，故被归入噬齿目。

它的被毛到底有啥特别的？我恍然大悟，原来，豪猪从背部到尾部披着圆柱形的刚毛，又粗又直，黑白相间，形似纺锤，恰如斜插着一把扇子，仿佛是用簇箭一样的荆棘编织的，又尖又硬，比秦岭里的狼牙刺还锋利，它就是浑身带"箭"的猪嘛，怪不得又叫"箭猪"。

它的防身武器就是那一把把"扇子"。豪猪身上的"箭"发出沙沙声，警告那些不识相的侵犯者，若是对方犯了傻，执意进攻，肯定会吃大亏的。它会倒退着冲上去，用那些锐利的"箭矢"，戳向敌方。这一招酷似降龙十八掌，厉害无比，怪不得约翰·巴勒斯说："如果大自然的机体构成就是一种动物捕猎在它之下的另一种动物，那么可怜的魔鬼实际上从豪猪身上咬了一口之后就不再咬了。"

漫长的生命进化，让箭猪披上了这套"箭筒"，它们运用娴熟，不曾失手。

　　它们是群居动物，三五只生活在一个洞里，浑身的硬刺都没有扎着对方，看来它们是很好地保持了彼此之间的距离。箭猪那身似箭矢的刚毛，要防身，还要防伤同类，它们的心思就多了，行动就很谨慎。

　　多年前，余家沟就有箭猪生活，这几年难得见到了。大哥曾养过一只勇猛强悍的狗——大黄。大黄抓兔子、麂子从不放空，敢和数百斤重的野猪打斗，但它最怕箭猪。大哥说，那只箭猪才十多斤重，很老了，身上的被毛泛黄，跑不动了，可大黄每次搏斗总是受挫，不是被箭射伤，就是被扎得满嘴淌血，最后只要瞄见老箭猪，掉头就跑。

杜鹃之歌

两年前的春末，我还住在西安城南。有段时间，耳边不时萦绕"贵—贵阳""贵—贵阳"的声音，那是阳雀的啼叫，哀怨凄凉。我住在闹市，阳雀不会来做客，是我的耳朵出了幻听。但它们每年春天飞到秦岭，夜夜歌声不停。我在老家的时候，听着听着，夜里就睡不着了，想到很多过往的事，生出凉薄的思绪。我知道，半年多没回家了，是老家的鸟儿在唤我呢。

阳雀是杜鹃鸟大家庭中的一员，这个家族的成员有好几个呢。

春天种地的时候，大杜鹃飞回秦岭，隐藏在枝头一声声鸣唱："布谷——""布谷——"似乎在提醒农人赶快播种。音符是以"布"始，"谷"长音作结，又叫布谷、喀咕、获谷，可归二声杜鹃之列。

夏天麦子、豌豆成熟时，四声杜鹃准时来催促农民收割，它们一声声大喊："算黄算割——""算黄算割——"老家人又听成"豌豆花壳——""豌豆花壳——"就会说："赶快去地里拔豌豆，豌豆雀都来了……"老家人亲切地称它为豌豆雀。

它们都是白天歌唱，夜里睡觉，只在苞谷下种、麦子豌豆收成时闹腾，之后就沉默起来，安心谈恋爱，生儿养女，最后带着宝宝飞回南方过冬。只有阳雀，专注作音乐家，最辛苦，最敬业，昼夜不歇，表演时间又长。

阳雀是我老家人对鹰鹃的昵称。鹰鹃，别名大鹰鹃、鹰头杜鹃、三声杜鹃，又名子规、杜宇、贵贵阳、李贵阳。"贵——贵阳""贵——贵阳"长音拖在中间，听起来凄凉哀怨。它们是杜鹃鸟家族里天才的歌唱家，也是鸟类中音乐天分最棒的，作词谱曲唱歌，皆为一流。它们能挑选勾人心魄的音符，奏出让人悲凉的旋律，弹出令人伤感的曲子，触碰我们心底最脆弱、最柔软的心室。犹如民国才女萧红形容那粉房里的歌声，"就像一朵红花开在了墙头上，越鲜明，就越觉得凄凉"。

杜鹃对人有好处，它的餐盘里摆着害虫，不等于自身没缺点。其一是太懒，好多成员不做窝、不孵卵、不育儿，趁着柳莺、鸫、画眉、山雀们外出觅食时，把自己的卵产在人家巢里，让人家给它孵化抚育。其二是狡猾残忍，担心露馅，只在人家巢里产一个卵，还把原有的卵吃掉，移走一个或推出巢外。杜鹃卵比这些鸟类孵化得快，早早从壳里挣脱出来。它们秉承着母亲的凶残，趁"养父母"不在时偷偷把其他卵挤出巢，屠杀一条条即将诞生的生命。就这样，父母们千辛万苦觅回的食物，都被闯入者独享了。

有天晚上7点多，突然听见阳雀的叫唤："贵——贵阳""贵——贵阳"是两只，一只叫，一只响应，一唱一和，演奏着春天的小夜曲，把春夜打扮得不再寂静。凭声音判断，它们相距千米左右，唱者清丽，和者嘶哑，显然它的嗓音有着令人遗憾的器官缺陷，像是喉咙发炎或患了哮喘。

以后很多天夜里，它们都在唱和，不知倦息，不怕风雨。我被它们的"敬业"感动了，忘记了它们的种种劣根，只觉得它们是大自然最真诚的天才歌手。

李贵阳·错剁雀

　　我在多篇文章里写到阳雀，就是三声杜鹃，我们那里又叫李贵阳。我是2019年农历四月初四回家的，四天后的夜里对面野猪坪传出阳雀歌唱的声音："李——贵阳——""李——贵阳——"

　　"阳雀来了，山都青了，它又在唤儿子呢……"夜里9点多，父亲看完电视来到我写作的房间，给我讲了李贵阳的传说。

　　很久以前，秦岭深处一户李姓人家，男人娶了媳妇，媳妇生下孩子后死了，他又续了一房，也给他生了个男孩。后娘对老大非常刻薄，让他放牛收柴打猪草，干着最重的活儿，却不管他吃饱，孩子时常饿得睡不着觉，走路时昏沉沉的。他父亲很心疼，偷着给娃留了个馍馍，被媳妇逮着了，狠狠地咒骂了一顿，三天都不让他近身。

　　后娘欲让亲生儿子独占财产，就想法子整死老大。转眼过了10年，老大14岁，老二刚满13岁。有一天，她把两个孩子召集在一起，说："给你们每人一些芝麻，去五里外的山里种，谁的芝麻长出来了，谁就可以回来。"

　　她给老大熟芝麻，给老二生芝麻。兄弟俩边走边吃，弟弟闻见哥哥芝麻的香味，尝了一口，就坚持要换。哥哥很疼爱弟弟，就很乐意地答应了。

　　他们先是搭建了个窝棚，住在里面，各自用锄头挖了一片地，把芝麻撒了进去。过了个把月，哥哥种的芝麻发芽了，回了家。弟弟的地里生出杂草，见不到一根芝麻苗苗，他就守在窝棚，一天天盼着，却没一点动静。有一天夜里，一群饿极了的狼路过，嗅到气味，扒拉开门，几口咬死老二，争抢着吃了。

后娘见儿子没回来，就问老大，老大讲了交换芝麻的事。后娘一听，急疯了，做好的米饭也顾不上吃，跑到地头，见到窝棚里有一堆骨头和碎衣片。当下气死了，化作一只鸟儿，每年山青的时候，飞回秦岭，叫她亲生儿子的名字："李——贵阳——""李——贵阳——"

父亲刚讲完，母亲进来了，说还有个与鸟有关的故事，是婆婆虐待儿媳。狗把家里的鸡蛋吃了，公婆责怪儿媳，又打又骂，儿媳受冤想不开，上吊死了，化作鸟儿，在夜里鸣叫："狗嗷——狗嗷——"意思是狗吃了鸡蛋，自己是清白的。又似小孩拉了便便，妈妈叫唤狗儿来舔。只是没了欢喜，尽是凄惨，最心硬的人听了也会伤神的。

这狗嗷雀我是知道的，学名噪鹃，是杜鹃大家族中的一员，与布谷鸟、阳雀不同，它是留鸟，恋家不怕冷。我是4月21号听到鸣唱的，比阳雀晚了13天。叫声缓慢，后来便急促，可见它的申冤有多迫切。

正想着狗嗷雀，父亲又讲起错刹雀的故事，还是前娘后母的版本。古时秦岭山脚下住着一户姓马的人家，家里有个男娃。母亲得风寒死了，父亲又要干农活，又要操持家务，实在忙不过来，就又娶了房逃难来的媳妇。

一年后，家中又添一男孩，聪明伶俐，两三岁时便懂得大人才明白的道理。四五年后，马姓男人得病死了。一个女人带着两个孩子，非常艰难，上顿不接下顿。讨点粮食下锅时，她给亲生儿子舀干的，给老大喝稀汤。

有个云游道人路过，看中这女人，两人住在了一起，道人到处化缘，维持生计。担心老大看出两人间端倪，在外败坏声誉，这后娘心想：这么多年虐待老大，难道不会怀恨在心，等自己老了，他会欺负自己和亲生儿子的，便起了杀心。她让弟兄俩住一个屋，睡一张床，给老大锯个木枕头，老二做个棉布枕头。

兄弟俩相处得非常亲密，弟弟经常把好吃的留给哥哥，他见哥哥枕的枕头非常硬，就说：哥，你用木枕头太久了，咱俩换一下。哥哥开始不同意，后来应承了。

她知道两人的枕头不同，有天半夜，她拿着菜刀，轻轻推开门，溜进屋来，摸着木枕头猛砍。那夜，弟弟枕着哥哥的枕头。

天微明时，老大醒来喊弟弟撒尿，叫不应，手一摸，头咕噜噜滚到一边，只连着张皮，吓得出了身冷汗。睡在旁边的弟弟死了，这要是让后娘知道了，还不要了自己的命？他穿上衣服，悄悄地跑了。

后娘起床过来一看，老大不见了，老二死了，才知亲生儿子被自己剁死了。道士看到这一幕，大为惊异，担心受了牵连，吓得赶紧逃走了。

亲生儿子死了，道士跑了，她是又气又悔，活活气死了，变作一只鸟。她是夜里杀了儿子的，也就把悔恨留在夜里，每天晚上大叫："错剁——错剁——"能叫通宵，那个悔恨啊，不知何时能化解？

这鸟是候鸟，又叫后悔鸟，春天来秦岭，秋天飞回南方过冬。

话说老大跑进山里，正是树木发芽的春天，山里没吃的，饿得不行，就跑到生母坟前。那里有一块地，种着越冬的白菜，他吃着折来的叶子，望着遍地的菜花大哭：小白菜呀，遍地黄，我两三岁时没了娘，跟着爹爹好好地过，就怕爹爹要后娘，娶了个后娘一年半，生了个弟弟比我强，弟弟吃面我喝汤，端起碗来泪汪汪，我的亲娘啊亲娘；无娘的儿子多悲伤……

父亲讲的时候，母亲回房休息去了，她快八十岁了，每晚十点多就上床睡觉了，然而这夜却入不了眠，十二点多爬起来，兴冲冲地开门出来，站在窗外，要为我讲丁孝子的故事。这个与鸟无关，我的兴趣不高，赶紧劝母亲回屋睡觉，老人家不听，硬是唠叨了半个多小时。

古代的传说，大多蒙上一层说教色彩，告诉人们要善良厚道，否则会遭报应。这种因果报应，包裹着封建思想，但对人们起着教育警醒的作用，因为生动有趣，不那么枯燥，人们也容易接受。

索命的长虫

我们那里把蛇唤作长虫。父亲不打长虫，并非喜爱，而是那条长虫给了他最深的教训。

这事发生在1960年6月，当时父亲还住在阴坡，与开食堂的那家隔着一条水沟。那天吃完中午饭，饭是干萝卜秧拌玉米糊，稀得像水一样，全是菜，玉米面像是调味的盐撒了一点。父亲提了一罐稀饭往家里走，来到水沟边，那里有一口水井，三尺多深。离水井不到一米时，突然，一条黑乌梢蛇从井中窜出，柱子似的直立起来，大碗口粗，露出水面有三尺多高。这可把父亲吓坏了，手中的瓦罐掉到地上，碎成了片，稀饭流了一地。

父亲惊得大喊："打长虫——打长虫——"

伯父吃完饭回家早，闻声扛起根茶缸粗的晒衣竿，从家中飞奔而来。蛇听到喊声，没有跑，而是缩进了水中。伯父来了，四处瞅，也没找见，就问：长虫在哪里？父亲回答：在水井里呢。

伯父把竹竿伸进水井里，搅动了一下，大蛇迅猛地冲出水面，前半截身子搭在了井沿上，伯父抡起竹竿猛砸在蛇头上。一连十几下，竹竿都打碎了，蛇开始还倔强，不断地仰头，最后就瘫下了，只是没咽气，仍在井边扭动。伯父冲着那家开食堂的大喊，来了四个小伙子。大家割了些葛藤，把蛇捆住，顺着路拉到那家院坝。

食堂那里的社员在午休，听到这些话都爬起来，围拢过来观看，惊叹着愣住了，说是从来没见过这么大的蛇，这下可以改善生活了。大家忙活起来，支起两米高的三脚架，把蛇搭在横木上，蛇头和尾巴竟还触着了地，可见足有四米多长。老辈人说，蛇肉不能在屋里煮，要是落进阳尘，就成了毒药。他们把蛇皮剥掉，掏尽内脏，将蛇肉剁成一寸长的小段。就有人用石头垒起灶台，放上大铁锅，掺了半锅水。人们把一半蛇段放进锅里，那时没大油，就放了些葱花蒜苗，架柴煮起来。

蛇肉煮熟了，闻起来倒没有香味，那些肉段却都在水里站着，大家都惊奇不已。十几个人美美地吃了一顿，还剩了一半没有煮的，大家说留着明天吃。有个老人说，蛇肉不能过夜，过了夜的蛇肉毒人呢。大家很不忍心，只能把剩余的肉倒进旁边的水沟里。那些肉发了臭，半个多月里，熏得路过的人捂着鼻子飞跑。

打死一条长虫，在这里太正常不过了。父亲很快将这事忘了，开始还很快活，觉得自己吃了肉，还让社员们尝到了肉味，后来身体便有了感觉：四肢变得无力，瞌睡多得很，连吃饭都打盹，有时碗都掉到了地上。我婆以为他生了病，请了个医生来看，公社医院的医生也没诊断出结果，只说是营养不良所致。那时吃食堂，都饿肚子，谁都有这症状，但我父亲的表现太不一样了。家里养了二十多只兔子，指望着变钱零用。婆和爷狠狠心，杀了一只兔子，剥皮煮熟，家里其他人喝汤，只有父亲吃肉，仍没有好转。

爷和婆急得团团转，觉得是什么东西把父亲给吓到了，就到高桥大队公家坪请"端公"李凤山来禳解。"端公"是我们那里的俗称，就是巫婆、神汉的意思。

李端公来了，晚上设法事，请神问卦，李端公后来听说父亲伤了长虫的性命，就让父亲去长虫丧命的井边给长虫道歉，表示忏悔。

回到家里，端公才细说原委，蛇会和人比个头，若是蛇高过人，人就流年不顺；蛇比不过时，人就气运旺盛。端公说，蛇是想与你比高矮的，谁知被你们打死了。以后再遇到这种情形，你就捡块石头直直地往天上扔，口中说："我比你高！"这样蛇就承认失败，萎缩下去了。

那时家里很穷，没有钱，爷就送给端公二斤旱烟。端公烟瘾大，收了烟，高兴地走了。

李端公的一场闹剧骗走了爷的二斤旱烟。很多野生动物身上都有病毒，父亲因为吃了长虫所以才生病。随着时间的推移，父亲免疫力增强，慢慢地，父亲饭量好了，白天不瞌睡了，恢复了十七岁小伙子的阳刚与活力。

小老鼠

　　一只雀鹰在天空中飞翔，优雅从容，展着翅膀，浮在半空，再次扇动，矫健地滑翔。它开始转圈子，一圈又一圈，逐渐缩小着，渐渐地矮下来。它睁大锐利的眼睛，就像最先进的雷达，不放过地面任何一个目标。突然，它朝一条土路俯冲下来，似一枚子弹射向地面，瞬间斜着冲上来。地上那只贪玩的小老鼠连哼一声都来不及，就被鹰的利爪锁住，悬在了半空中。

　　一只野猫在山林边散步，顺便寻点美味开开胃。昨天，它吃了一只斑鸠，饿慌了，就吞咽得不细致，被斑鸠胃里的一颗石子磕了门牙，现在还隐隐发痛呢。这是大清早，那户人家门锁着，想必主人下地干活去了。它轻手轻脚地溜过去，沿着这条土路靠近另一户人家，一丝极轻的声音勾住了它的目光。循着那点动静，它贼贼的眼珠捕捉到了那只小老鼠，相距很近，猛地扑过去，一口咬住脖子。小老鼠只是"吱"的一声，就咽气了。

　　一条黄颌蛇，学名王锦蛇，俗名黄喉蛇、黄长虫，酒杯粗细，通身黄黑相间。它在蛇的大家族里长相平平，动作不算灵巧，喜静不好动，等着点心上门。这次它失算了，昨天守候了半天，才潜伏到一只癞蛤蟆身边，虽说那丑陋的相貌、皱巴巴的衣服脏得恶心，但那也是食物啊，总不能饿肚子吧。它已经饿了一天，不能再让胃示威了。它张开嘴巴，只需猛冲一下，就到手了。哪知半路杀出个程咬金，另一只比它壮实些的大哥也守候了一天，见小弟出手了，赶紧冲上前，将癞蛤蟆的一条腿吞进嘴里。它们的世界是靠个头和实力说话的，它只好恨恨地走开了。今天它必须早早起床，为肚皮奔忙。它也溜达到这条土路边，见荒草丛里那只悠闲溜达的小老鼠，恨不得立马逮住。它知道怎么做，只是耐心地轻轻接近，只有几寸远，它张开血口，拼尽全力扑上去，小老鼠还没反应过来，就被拦腰卷住，做了黄颔蛇的腹中美餐。

这都是我的想象。实际情形是，去年暑假，我在老家旁边的土路边见到一只小老鼠，灰灰的，毛发很嫩，连尾巴在内也就一小拃。许是当年出生的宝宝，正往少年迈进。它待在荒草丛里，头扭来扭去，尾巴摆来摆去，就重复着这个动作，没往前走，也没往土坎上爬。我不知道它为啥会在这个地方玩耍，太不安全了。

老鼠是我们熟悉不过的动物，繁殖力超强，生命力更是顽强，据说遭原子弹轰炸的广岛、长崎，只有老鼠经受住了核辐射。我们对它是厌恶，又恐惧。它的长相丑陋不说，要紧的是传播病菌，而且是那种夺人性命的病菌。

我在农村时经常与这些家伙打交道，哪知进了城还与它们来往亲密。大学毕业留校，学校给我在小寨校区筒子楼三层分了间9平方米左右的房子。房子紧挨着卫生间小便池，还有个接水池，墙面渗水厉害，只好用张塑料布钉住防潮，再摆个衣柜。卫生间放个竹筐，专门盛放倒掉的剩饭、摘下的烂菜叶啥的，就招来了好几只老鼠，它们不愁吃喝，养得肥肥的。我们上厕所或淘菜洗碗还没进门，它们就嗅到了脚步声，四散而逃，纷纷钻进一个大便池的杂物堆里——小便池对面有三个大便池，靠门的那个不下水，废弃了，被先住的人家堆放了好些杂物——那里成了它们的庇护所。后来，嫌太恶心，我就把竹筐拿走了，它们便以庇护所为家，我们也没再围剿。

住了四年，孩子长到三岁，我们搬家了，抬那床架时，一只大老鼠带着三个宝贝儿女闻声仓皇而逃，从我们的脚下窜到门口，拐进了厕所。我这时才发现房门闭合的那个角，已被老鼠啃咬掉一块，它们完全可以大摇大摆地进出。

在红专路黄楼顶层，学校给了间15平方米带阳台的房子，还是筒子楼，居民们都在楼道里做饭，共用水房和卫生间。水龙头和墙壁上爬满了旱蜗牛，有一只竟然赖在出水口不动弹，向我们宣示它的主权。水龙头开到最大都冲不离，我只好用手把它捏下来，放到对面那个废弃的水管上。还说老鼠吧，它数量众多，比小寨居室那里的更胆大猖狂，整天在卫生间、水房、楼道里乱晃，时不时"吱吱——"地威胁着，想驱赶走我们。我的耐心终于耗尽了，只得求助于同事——刚由校报编辑部主任调任校医院办公室主任的那位女老师。她管着爱委会，她让后勤部门的人放了些暗红色颗粒的药物，这才把老鼠们彻底打发走了。但这些颗粒始终让人不放心，小孩子好动，对啥都稀奇，我只好反复叮嘱我四岁的孩子，地上的红颗粒千万不要拣，更不敢往嘴里喂，那是毒老鼠的。

家里有小孩，我们担心有安全隐患，就把阳台封了，平时开玻璃窗关着纱窗。不知哪天忘了关，西邻家的大老鼠溜进来做客。我赶紧关上通往阳台的木门，等着爱人回家。爱人听我一说，回道："你个大男人，几脚踩死它不就行了。"我打开木门，它好像已知道大难临头，毛耸着，跑过来转过去，血红着眼睛，见状我又下不了手。爱人推开我，冲上前，阳台窄狭，老鼠被逼到角落，惊恐地哆嗦着。爱人几脚踩上去，"咔嚓"一声，是骨头分家破碎的声音，老鼠顿时软作一团，鼻子、口里有鲜红的东西涌出来。

世间对老鼠怀有恶感的人很多，但对它心存温爱的也不少。鲁迅在《阿长与〈山海经〉》中对长妈妈谋害了他的隐鼠而愤慨不已。隐鼠是鼠类中的矮子，仅仅一个大拇指般大。路遥在《平凡的世界》创作随笔《早晨从中午开始》中叙述了这么一件事：他在陈家山煤矿医院写作，房间里进来两只老鼠，路遥找人打死一只，另一只后来养起来了，陪着他度过那些孤寂的时光。

我盯着面前这只小老鼠，足足有5分钟，它似乎没有发现我，快乐着，淘气着，丝毫没有感到这个两条腿家伙的危险。

离开前，我又深深地瞅了它一眼，心里说：老鼠纵有千般不是，它也是条命呀，让大自然去裁决吧，我才不做它的天敌。

毛老鼠

我们那里把松鼠叫毛老鼠，生着老鼠的嘴脸，比老鼠个头大，尾巴都很长，却不是光溜溜的，披着茸茸的长发，蓬蓬松松着，能搭到头上来，像一把天然的大扇子。

我是在文化梁小校念过四年书的，上一年级第二学期时，一天早晨，我和一个伙伴上学晚了，索性旷了课，从龙王庙那边的大壕爬到五块石梁上。那里是一排排的梯田，种着麦子，都出穗了，绿莹莹的，我们仿佛听到了麦子拔节灌浆的声音。毛老鼠翘着毛茸茸的大尾巴，在麦地里欢乐着，从这块梯田窜到那块梯田，从这个土坎钻到那个石洞。我们来了兴致，打算抓一只，看着一只隐入石坎，我们俩开始用手掏挖。石坎的土很松，很快掏进一尺多深，都看到尾巴尖的黑褐色毛了。哪知它调转脑袋，一下子冲出来，我们俩谁也没防备，见它从手边逃走了。

毛老鼠跑走了，当时我还感到很遗憾，后来便庆幸这是大好事，免去了它的灾难。然而我的愧疚却留给了下一次。大哥安闸板捕毛老鼠卖钱，我看着一只吃了诱饵被压在了石板下，很急迫地掀起石板，抓住尾巴提起来。它竟然还活着，弯转身子，张开嘴，尖刺样的牙齿扎入我的手指头，留下几个米粒样的伤眼儿，鲜血直流。我疼痛极了，把它重新压在了石板下面。

这事过去了好多年，却一直忘不掉，总觉得我欠下毛老鼠一条命，便对它格外留心起来。

毛老鼠不愿意夜里偷偷摸摸，这不符合它的个性，它们选择大白天走动，觅食玩耍谈对象。也不像寒号鸟，过一天是一天，它是有长远谋划的。秋天的时候，食物最富饶，想吃啥有啥，栗子、橡子、核桃、猕猴桃熟了，营养很丰富。像黑熊一样，毛老鼠狠着劲吃，拼着命咥，把自己养得胖胖的，还在枝头大笑："喳——喳——喳——"仿佛在嘲笑熊瞎子："你填饱了肚皮，就知道在冬天睡懒觉，那么漂亮的雪花都不晓得欣赏，太没情调了！"

毛老鼠不冬眠，它敢这么说，自有它的绝门招数。仓里有粮，心里不慌嘛。它是战略专家，深知储备粮食的要紧。这得有库房，有的把仓库与卧室放在一起，有的很讲究，单独挖个地洞存放物资。无论勤懒，总得有个家嘛。它们在树枝上搭窝，在树洞、石洞、墙眼里做巢，懒散的便利用乌鸦、喜鹊废弃的家。忙活完肚皮，再从从容容地往家里托运粮草，或图省事就在地上掘个洞存放，然后扒拉些泥土树叶挡住家门，防止小偷入室。山林里小偷多得很，都想不劳而获。为安全起见，它会把粮食藏在好几个地方。埋藏点多了，难免就有找不到或忘记的时候，这些被遗忘的粮食有些来年会发芽，可以说，毛老鼠也是植绿能手。地下潮湿，粮食容易发霉，就将其搬到树上晾晒。寒风刮起来，大雪飘起来，它们待在暖烘烘的洞里，吃饱了睡，睡醒了吃，小日子过得舒服极了。

这年秋天，我在老家对面的板栗树林里见到一只采摘栗子的毛老鼠。栗子都被一层尖利的刺球包着，树枝晃动，毛老鼠很难用前爪固定住，就选那些快炸裂的毛球，从根部咬断，毛球啪啦掉下来。它也从树上跃下，像猴子那样，用前爪扒开毛刺，用嘴叼出栗子。再蹦跳上树，坐在一棵大枝丫上，晒着"日光浴"，前肢将栗子抱着，送入嘴巴，牙床上下左右移动，"咯嘣、咯嘣"嚼着，快活得很。它懂得自己弱小，知道黄鼠狼、野猫子、黄喉貂都睁大眼睛，随时会冲过来，要了自己的小命。它们嘴巴忙着，耳朵一点也不放松，竖着耳朵侦听，眼睛更闲不住，小眼珠骨碌碌转着，扫视着周围。

等它填饱了肚子，便在地上、树上撒欢，攀爬跳跃，用后肢撑着身子，尾巴伸直，"嗖"的一声，从这棵桦树上跃到几米外的那棵橡树上，炫耀似的"叽——叽——叽——"大叫，生怕山林居民们不知道它的跳跃本领。最后竟然玩起倒挂金钩，用爪子和尾巴卷住橡树枝，悬挂起来，又是得意地大笑。毛老鼠真能行，不知它们愿不愿意下到井里捞月亮呢。

黄豆雀

这次回老家写作，我没有住在先前写东西的后间卧室，而是搬到二哥家那前半间。朝阳的房子，阳光洒进来，向着院坝，虽说眼睛有时忙不过来，却总比看着后间屋外只是后坎上的杂草小树来的适意。

房间窗户左上角外的窗纱破了个大口子，去年黄豆雀便在那个窗子横木上做了个窝，孵出六个小宝宝，一溜溜飞出来，站在院坝上方的电线上，排着整齐的队伍，等着父母的检阅。去年暑假回来看到这一幕，觉得极有趣，得空便看它们飞进飞出练本事。

二哥对我说，黄豆雀和燕子秉性相似，都大胆，喜欢在人户家里筑巢生养宝宝。去年一对黄豆雀偷懒，把蛋偷偷搁在他家一个大皮包里，待他发觉时，那皮包里竟卧着五枚蓝绿色的蛋，不是正圆形，有点椭圆形，表面光溜得很。二哥极善良，没有动皮包，只是好奇它们是从哪里进来的—— 二哥平时在工地干活，十天半月不回来。过了段时间，二哥回家看到五个可爱的小宝宝已在窝里"呀呀"张嘴，吵嚷着要吃饭呢。

它们的父母勤劳得很，鸟妈妈叼来一只甲虫，喂给一个宝宝，就出去了。鸟爸爸飞来了，嘴里噙个胖乎乎的椿象，喂给另一只。鸟爸爸、鸟妈妈这么忙乎，心里却有数，不偏心于任何一个儿女。会哭的娃娃有奶吃，这顶帽子并不能戴在黄豆雀头上。看来鹰要想做个合格妈妈，得向小小的黄豆雀儿学习呢。

皮包是在卧室里放着的，屋里边有个大炉子，烟筒通到后檐窗子外，烟筒伸出窗子的那扇玻璃卸了，留着大空隙。黄豆雀就是从那里进出的。二哥看着就笑了，觉着这雀儿聪明着呢，把宝宝孵在家里多了份安全，就不怕黄鼠狼、野猫子啥的祸害了。

二哥还说，曾有一对麻雀在他家墙洞里做了窝，把蛋下到里面，雀妈妈整天卧在上面。二哥和好泥准备抹墙，看到这情形，就把其他墙面抹光了，独留了这个墙眼，等着小宝宝跟着妈妈离开"家"好几天。他才重新和泥，塞上石块，将墙洞补平了。

我第一天坐在前间屋写作，母亲拿个木棍戳那个黄豆雀窝，说是碍了光线，等我出来劝阻时，母亲已将巢与窗框分了家，只剩得一些长短不一的细枝条了。一对黄豆雀就时不时飞来，遗憾地看着它们惨不忍睹的家，神情悲伤地低语一番，似乎在相互安慰。它们太弱小了，相帮互助是最好的生存法宝。

有一天，我发现桌子上的书和本子上摊着白拉拉的东西，拿手搓了一下，成了白粉末，间杂着黑色颗粒。我这才恍然醒悟过来，原来是雀儿拉的粪便，遂留意起来。每天进来，我就把大门关严实，担心它们在屋里筑巢，还没育出宝宝时就无法进出了——我在家待的时间不够它们谈恋爱生养孩子的。它们每天就在窗外旧巢处叽叽喳喳，仿佛有说不完的情语。有时我出去小憩，再回来时竟然发现它们进了房子，也不怕我，这个在纸袋上停停，那个在床头上歇歇，或将身子贴在墙上画十字，或是倒钉在楼顶上朝下俯视。嘴也闲不住，不停地弹奏，音律姑且不论，却是搅扰了我的思考。

它们是从哪儿进来的呢？我开始观察它们了。它们在屋里疯够了，体力消耗尽了，消化加快，飞着飞着，屁股夹不住了，喷出一泡白拉拉的稀糊糊，直端端地掉在我的左手腕上，溅出一副地图来。我倒也不嫌脏，只是取了张手纸，将其细细擦掉，凑近鼻子闻闻，没什么臭味，当然也无所谓香

了，不像大熊猫的粪便散发着新鲜竹叶的味道。

许是肚子在抗议，它们飞过头顶，飞向右上角一玻璃处，"嗖"地钻了出去。仔细搜寻，原来是挨着去年筑巢的玻璃碎了一块，二哥用个硬纸片挡着了，时间久了，变得松软，成了它们的自由通道。

我是担心它们把粪便排在笔记本电脑键盘上，又嫌它们把屎掉到我的头发上，还有它们的闲话打扰到我的写作，就把那个纸板正了个方向。这之后，黄豆雀只在旧巢处飞上飞下，徘徊诅咒，终是进不来了。

行文的此刻，心中顿生一些愧疚来，觉得自己的存在阻碍了一对黄豆雀夫妇的爱情婚姻家庭，实在是自私极了。

怀着一分歉意，对它们的身世添了几分好奇。那日浏览向定乾先生的微信圈，见到一种像极黄豆雀的鸟儿，就请教之，向兄说那不是黄豆雀，应该是棕头鸦雀。

鸦雀在我们那里是喜鹊的昵称，没想到这个戴棕色帽子的家伙，个头与麻雀相仿，有时不安分，嘈嘈杂杂的，却浪得这么大的名号，让我对它们刮目高看起来。

癞克包

最近在老家，见得最多的动物除了鸟儿，便是蛤蟆了。

蛤蟆，学名蟾蜍，俗名癞蛤蟆、癞疙宝，我们那里称它为癞克包。长相实在不敢夸，嘴巴大，身子短促臃肿，穿褐色衣服，皱巴巴的，鼓起一个个疙瘩。我们那里说人长着癞克包相，那男的就找不到媳妇，女的寻不到婆家了。

傍晚时分，癞克包的世界里，老老少少、男男女女成群结伙出来，在院坝、地头、草丛，慢腾腾地跳跃。更多时候，它们待在那里不动弹，耐心等待着美味上门。别看它们貌似笨拙，但为了嘴巴，它们会突然学得灵巧迅疾起来。碗口大的是老年，拳头大的是中年，大拇指盖大的是头年生的少年，小拇指盖样的还没出生呢。它们的爸爸妈妈谈完恋爱，正在酝酿爱情结晶。夜里我在院坝散步，总是小心着，生怕踩着了它们。我是写生态散文的，对动物们总怀着一份温爱。癞克包却是个例外，看着它们，感觉身上仿佛爬上好多毛毛虫，是怎么也欢喜不起来。就觉得自己是个俗人，没有大师们独具的慧眼。

周作人在《苦雨》里写道，"有许多耳朵皮嫩的人"，对蛤蟆"很恶喧嚣"，"我觉得大可以不必如此，随便听听都是很有趣味的"，"我们院子里的蛤蟆现在只见花条的一种，它的叫声更不漂亮，只是格格格这个叫法，可以说是革音，平常自一声至三声，不会更多，唯在下雨的早晨，听它一口气叫上十二三声，可见它是实在喜欢极了"。

而才女张爱玲更是在《秋雨》里袒露了一种常人不怎么好理会的情感："灰色的癞蛤蟆，在湿烂发霉的泥地里跳跃着；在秋雨的沉闷的网底，只有它是唯一的充满愉快的生气的东西。它背上灰黄斑的花纹，跟沉闷的天空遥遥相应，造成和谐的色调。它扑通扑通地跳着，从草窠里，跳到泥里，溅出深绿的水花。"

周作人、张爱玲的文字往这一摆，我就知道自己的迟钝普通了。人家建了高楼大厦，我的写作是在垒鸡窝啊。

构皮斑

　　刚才午觉起床，推开屋门，没走几步，就听见一阵窸窸窣窣的声音，抬头一看，顿时愣住了，一条蛇从屋门上方玻璃框外的蛇皮袋里探出了头。妈正好坐在大门里，我大声喊："妈，你看那是条蛇——"妈抬头望了望，异常平静地回答："噢，那是构皮斑嘛。"

　　家里来了蛇，我好奇极了，站在屋中间，静静地打量。蛇见暴露了行踪，似乎不安起来，可它很快淡定了，只是伸出头左右转了一下，就慢悠悠地溜出来。担心它下地，我赶紧说："妈，叫大哥抓出去——"妈回应："抓它干啥呢，是家蛇，吃老鼠哩。"我没再坚持，还为刚出口的话后悔了。

　　它的个头不大，两尺多长，酒杯粗，体形匀称，通身灰色，缀着淡黑麻点，肤色像极了构树皮。我们那里称构皮斑蛇，网上说叫黑眉锦蛇，但没有查到相应图片。

　　门框上方是一层玻璃框，妈怕做饭烟熏了玻璃，就用蛇袋子钉住了，包得并不严实，两边都有口子。构皮斑时常偷偷下来，钻到里边玩耍，却被推门声惊吓了。它将整个身子贴在墙上，并没有立即走开，而是探着头四处打量，又沉思一会儿，方才优雅地朝墙角滑行，走的是斜上坡，但它显得一点也不吃力，仿佛有好些脚抓着墙壁。也就是移动了它身长般距离，便钻进墙角缝隙里。我是觉得那个地方太狭窄，别把它夹坏了。哪知它熟练极了，从容地将整个身子缩了进去，只留下一截尾巴晃了晃，像是与我们招手拜拜。

父亲从地头回来，我说了构皮斑造访的事。父亲随口说道，那蛇去年来家里，经常趁人不留神从那个缝隙下来，几个屋里来回巡视，比猫还管用呢。猫要人喂，爬不了墙，钻不了洞，有时出去几天不回家，耍奸溜滑的。蛇不用人伺候，还是老鼠的大克星，吃了老鼠等于为我们节约了粮食，老鼠能去的地方，都难不住它。父亲亲眼见到构皮斑撵老鼠，是只大老鼠，毛色泛黄。蛇在一米开外潜行，慢慢接近，想来个突然袭击。老鼠嗅到了死亡的气息，耸着毛，先是哆嗦，再是奋力冲出，从堂屋奔进卧室，蛇也跟了进去。老鼠没处躲，又折转出来，蛇也追了出来，老鼠跑多快，蛇就滑行多快。老鼠已经吓破了胆，脚步渐渐滞重起来。蛇从容灵巧，最初的闪电战失败，它并不埋怨自己，玩持久战是它的长项呢。它知道，时间能决定一切，狡猾的老鼠笑不到最后的，蛇对自己的本事非常自信。

老鼠也并不服输，使出绝招，狠命一蹦，蹿上了墙，刺溜几下，躲进了墙洞，心是跳到了嗓子眼。还来不及喘口气，蛇已经溜进洞，张开血红的嘴，用锋利的牙齿咬住老鼠身子，倒退着将它拖了出来。蛇就等着它进洞呢，那是老鼠的致命陷阱。老鼠"吱吱"叫着，声音越来越弱。当它闭上眼睛的时候，它的同类已逃得远远的，慌乱惊惧的情绪已经平复下来。

记得几年前流行过一个段子，说是一只猫逮老鼠，把老鼠撵得没处待，最后钻进了洞。猫在外边守着，等了三天三夜，饿急了，失去了最后一丝耐心，绝望地说："等你等得我心痛。"老鼠哀伤地回答："为什么受伤的总是我。"这是针对传统老鼠的，要是换成构皮斑，不知这段子该咋讲？

大哥回来了，反正蛇已安全，不担心被抓了，就给他讲了。大哥随意地说："这是家蛇呢，捕鼠高手，去年我还抓了几条，放在家里楼上，老鼠一下子不轻狂了。"

大哥的话让我悬着的心放下了，那年在家附近见到一条歇凉的黄颔蛇，忍不住大叫，被大哥听见了，黄颔蛇就被逮了。我对这条蛇生出愧疚，觉得是我让它丢了命。现在大哥不捕蛇了，还把构皮斑蛇请进家来，他的转变让我感到欣慰。

我还直接把一条竹叶青送了命。那时上小学，走在去学校的路上，撞见一条草绿色的蛇从脚边溜过。正好地上有一个棍子，想也没想就捡起来，抡起棍子使劲砸了下去。没几下，那条生命健旺的蛇，就软软地瘫在了地上。

"竹竿是蛇的舅，蛇最怕它了。长青，我待会给你床边放根竹竿，构皮斑晚上下来，就不会上你的床了……"

我的回忆被妈的话打断了。妈说着话，走到院坝边，找了截两尺多长的竹竿，进来竖放在我的床里面。

猫咪走了

父亲养的那只猫走了，不知是被人逮走的，还是自己跑了。

几年前，家里老鼠多，父亲就托人捉了一只小猫咪，慢慢地长大了。它是逮老鼠的那种猫，老鼠见了它便跑，跑不过了，便成了它的美餐。家里老鼠少了，它是愈加发福了。肉的味道比饭香得多，猫碗里的饭有时几天放馊了，也没见它尝一口。母亲就倒掉，换上新鲜的。猫很黏人，只要父亲在家便往身上爬，往怀里钻。父亲睡了，它不在被子上睡，硬要挤进被窝，蜷在父亲身边。想来父亲对它好，它才这么亲近。

猫是受宠的，是快乐的，可它也遇到些麻烦。俗话说：狗逮老鼠多管闲事。家里的狗不捕老鼠，却嫌弃猫。每每看见，便狂吠着，冲上前想撕咬。猫是老虎的师傅，但它个头太小，不是狗的对手。猫连虎徒弟都不惧，还怯一只犬？它像对付徒弟一样，自有绝招，它会迅速地跑到树下，"蹭、蹭、蹭"爬上去，狗只能站在树下狠狠地望着，无奈地走了，带着灰溜溜的落寞。可猫不愿意这么担惊受怕着，长久下去，它的小心脏还不闹出病来。它就蹭着楼梯上了楼，爬上山墙，从檩条与墙的空隙处钻出去，跳到后檐坎上，就绕开了门前的狗。

后檐墙与坡坎很近，斜着往下跃不难，但要跳回后檐墙就办不到了。狗一般不去檐沟，猫便在檐沟堆放的木头上"喵——喵——"地叫，希望引起主人的注意。正巧后半间卧室窗子下方玻璃裂了一小块，能容得下猫的身子。母亲便把那小块玻璃取下来，给猫留出通道。

猫再也不与狗发生冲突了，可更大的麻烦来了。父亲在镇上买了移民房，经常去住，有时半月不回来。家中老鼠终究有限，有的还被吓跑了，猫的餐盘摆放肉的时候少了，米饭面条的需求变大。主人不在家，猫就断了粮。它只好跑到邻居家里，可人家喂着猫，不乐意养个"叫花子"。有时猫赖上了，邻居也就给些吃食。父亲回家了，再把它抱回来。

听父亲讲猫，眼前浮现出那只猫咪来。我是在一家新闻单位见到它的，刚出生两个来月，温顺地卧在一摞报纸上面，安静地眠着。我很好奇，这么大个单位养了这么小个猫咪。我掏出手机，拍照的声音把它惊醒了，"咪唔"一声，抬起头，懒散地看了我一眼，又把小脑袋搁在小腿上，闭上小眼。它是真的困觉，还是想玩玩游戏？

一个生命，一个被那个单位好些人呵护的生命，就在这个秋日的夜晚，拨动了我心底那根敏感脆弱的弦。弦音袅袅，在喧嚣的古城上空游荡，越来越弱，终归于寂灭。我仿佛看到这只猫咪，这只可爱的卧在办公桌上的猫咪，就是此刻西安上空的那根弦音。

我的一个女同事养着两只猫，伺候得很耐心，猫们很和乐。女同事有善心，还有才，把它们吃食、睡眠、玩耍、争宠的事敲进手机，发到微信圈，很是有趣。我看着看着，就会心地笑了，常常复制过来，存在电脑里。想着写猫文时，可以借用嘛。

去年12月下过一场雪，气温太低，好些天没化掉，背阴处还结了冰。月底的一天早晨，听着楼下汽车的声音，我就站在窗前，往下望了一眼。一个女士刚把车开出车位便停下来，开了车门，走向车尾部。我还奇怪为啥不走，就见她提起一团淡黄色的物体，扔到垃圾桶旁边。

我在七层看得并不清楚，也就没在意。后来下楼出门办事，经过垃圾桶时，才发觉那是一只猫。它浑身软绵绵的，鼻子、口里涌着血，已经干在上面。我想是猫冻得受不了，躲在汽车发动机下面取暖。女士开车时不可能打量车底，当它想要出来时，就碰上滚动的车轮。

想着倒垃圾桶的人会收拾，我就没多停留，晚上回来见它还摊在地上，便思量明天保洁员会处理尸首的。哪知第二天看见垃圾桶空了，尸体却还在原地，就打算晚上回来把它埋了。可这晚回家太晚，就把这事又推后了一天。第三天早早下楼，却不见了。原本是想把它装进纸箱，葬在院中的荒地里，悼词都拟好了："猫咪，来世托生为人吧，即使做猫也当宠物猫，千万不要流浪啊！"这都成为假设了，便生出浓重的遗憾来。

我这才承认，前文那位女同事所做的是极为正道的。那晚浏览微信圈，发现她给猫做了绝育手术，就留言："从此以后生活乐趣只剩下了玩和吃，可怜的猫咪，被无情地剥夺了猫生最大的幸福！此刻，猫眼里除了绝望，还有抗议吧？"同事很快回复："猫咪和大熊猫、金丝猴不一样，我也不忍心剥夺猫咪的幸福，但是更不忍心让出生的小猫因为无人收养变成小流浪猫。有一天在校园里看见一只挺漂亮的小奶猫被撞死在路上，几乎被白雪覆盖，真是好可怜！"我也是替猫考虑，却没想过恋爱的副产品怎么办。

遗憾终是没法改了，只好猜测是被爱心人士掩埋了。而父亲养的那只猫，走了好些时日，仍不见影踪，倒叫我牵挂起来。

狗　性

我对狗是心生畏惧的，正如俗话说，一朝被蛇咬，十年怕井绳。

小时候，我路过村里一户人家时，那条纯白色的狗一言不发地冲上来，朝着小腿咬了一口，咬出了几个窟窿，流出血来。那家人赶紧用菜刀刮了菜板沫沫涂在伤处，几天后也就好了。那时不知有狂犬疫苗，反正啥治疗也没做。

初中时暑假的一天，下着雨，我在野猪坪放牛。沙坪的猎人带着狗来了，好像有七八只吧，细身子细腿的，一看就是撵山的厉害角色。当时手中拿着根木棍，酒杯粗，三尺多长，是用来吓唬牛的。要站在那里不动弹，也就没事了。我可能是无意中抡起了棍子，有条狗或许是临时首领，正巧棍子对着它，它没吭一声，低头扑过来。我操起棍子就打，那群狗全围上来，我急了，抡起棍子转圈子。棍到处，狗退几步，棍过后，又迫近几步。我是吓慌了，幸亏猎人们及时喝止，要不那天就很危险了。事后，我在想，有没有一套专门对付狗的拳，就叫狗拳，我也去学学。

狗咬我围攻我，我是惧怕了，同时又激起复仇的勇气。村里刘家养着一条黄颜色的狗，下口很狠，还偷着咬人。这种狗最难提防，也最招人恨。听过别人收拾狗的高招，说是烧熟一个萝卜，装在兜里，等狗扑过来时，就扔出去。萝卜保温性极好，外面摸起来凉凉的，里边却是滚烫的。狗咬着萝卜，就把它的牙烫坏了。我没这么做过，但我用偷袭的招数治服了那条黄狗。

我们上学是从这家背后过的，往往等狗听出响动时，已走过那条水沟，到了对面路上，前方几十丈远处路上方有个土坪。有一天中午上学，黄狗又追击过来，我捡起块石头，紧跑一阵，跳上土坪躲起来。等黄狗从下方经过时，我将手中的石头狠狠地掷下去，砸在了它的头上。黄狗猛地一趴，跳起来，就往家里蹿去，边跑边叫，还不时往回看。看着它的狼狈样子，听着它的痛苦哀号，我心里颇为得意。狗咬了人，难道人就要以牙还牙？现在想来，我也是可笑得很，怎么能跟狗一般见识呢？

有了这份快意，却也未抵消掉对它的害怕。那是刻进骨子里了，好比山茱萸花的淡黄是自染的。结婚后，和妻子一路经过她家上边那个村子，有一条土狗迎面而来。我们没有拿棍子，也没防备，路上的狗没有主人撑腰，一般不攻击人的。这个见识我有，但发了疯的狗除外。它是从我这边过去的，也没瞧上一眼，仿佛我不存在。我的腿还是不由得颤抖起来，被妻子看到了，就笑问："你不是说不怕狗吗，咋两腿打战呢？"我如实交代："小时候，叫那家伙咬过哩！"

狗是极聪明的，这个大家都晓得，我在这里另有说头。儿子小时走路不稳当，还常常不看脚下，难免被砖头树棍啥的磕碰倒地。有一天我和儿子在翠华路西侧往北走，突然马路边闪出一条宠物小狗，要过马路。我们停下来，看着它。它先站在路边朝北眺望，等没车过，赶紧跑到马路中间，停在那儿，又往南看，见没车来，急忙冲了过去。我当即对孩子说："这么小的汪汪都知道过马路，你咋不如它呢？"

儿子小名狗狗，小学时不好好学习，对完成作业不上心，我时常对他说："你看人家四条腿的汪汪多乖巧。"儿子回答："老爸，四条腿的汪汪成不了才，我这两条腿的汪汪能成才哩。"多年后，被我当作趣事提起，儿子已上大学，不在意地笑笑："我说的是实话嘛。"

儿子那时的学习叫人头痛，他妈真的没少打。有时用棍子，有时用拧在一起的跳绳，边抽打边说："你难道不如家里那只黄狼，这么不长记性……"

黄狼是妻子家里喂的一条狗，通身黄色，个头不大，但下口，也是偷着咬人，村里好几个人被咬过。有人前脚出门，后腿被它叼住了。她家不远处是军营，黄狼经常从下水道钻进去，"偷"军人饭堂的肉皮，自己咽着口水不吃，叼回来，放在厨房，再溜进去，带回来一块。我岳父把那些肉皮洗净，做成冻肉。几十年过去了，妻子说到这里，脸上总泛着感激的神情。那个饥荒年代，能吃上肉，好比时下人们吃燕窝呢。

村里老鼠多，黄狼就逮着吃。这个习惯可不好，岳父见了就把黄狼抓住，用火钳打嘴，把嘴巴打得血流不止。最后，他们把死老鼠扔在它面前，黄狼闻都不闻，掉头走开了。后来村里老鼠张狂，村人下药毒老鼠，狗们不知危险，见着死老鼠就吃，一个个都归天了。村里最后只剩一条狗，那是黄狼。

妻子是一边打着儿子一边讲着黄狼的故事，说儿子不如黄狼，打不醒哩。讲得多了，我的耳朵都起了茧，那时觉得有些烦，对娃太严厉了，娃被打的模样实在可怜。

看过杰克·伦敦的小说，有的狗凶猛残忍，人用棍棍教训，下手重，也很残忍。直到去年过年的经历，我才明白了，狗为何与狼同宗。那天午饭有肉，两条狗钻到桌子下面，啃着我们丢弃的骨头。还有一条别人刚送来的狗，担心它偷跑，便用铁链拴着。我也是好心，想着马上回西安了，人和狗都有肉吃，它被限制了自由，就把碗中的一块骨头夹给那条狗。

骨头刚含到嘴里，还未尝到肉味。钻在桌子下面的麻狗竟偷偷跟着出来，冲上去抢骨头。两条狗猛烈地打起来，互相抱着撕咬。要是没那根铁链，那条狗是不会输于麻狗的。那条狗的脖子，便被麻狗咬住了。

它们的打架吵闹，引起了我们的调停干预。二哥捡起根竹竿，一下下打在它们身上，它们没有退缩休战。棍都打裂了，还是劝不开。我是急了，抬起脚，准备踢上去。二哥一把推开，大声说："这都敢用脚？"

麻狗死死地咬住它的脖子不松口，那条狗开始还挣扎，慢慢就瘫在地上，鼻子口里涌出血来。再晚一点，那狗就没命了，二哥举着破裂的竹竿往麻狗身上击打，它就是不松口，牙齿刺进肉里，越来越深。

我是急疯了，看见旁边有一摞劈柴，操起一根抡在麻狗腰上，它还不妥协。第二下，直接砸在头上，它才痛得叫了一声，跑开了，边跑边摆头，吐出了吃进的骨头。

那条狗还躺在地上，不叫唤，只是伸出红红的舌头，舔鼻子嘴上的鲜血，毫无认输求饶的神色。

我愣在院坝里半个多小时，心里塞满了震撼和愧疚。这场争斗让我看到狗们的血性和顽强，而这都是由我扔下的一块骨头惹出的祸端。

刘亮程写过一篇散文《狗这一辈子》，对狗性做了精辟的言说，我也从大哥养的两条狗身上领悟到了。

那天傍晚，母亲忘关鸡圈门，第二天早上鸡自己出来了，又听见鸡受惊啼叫的声音，父亲以为是被狗吃了。黄狗有前科，家里几只鸡相继不见了，邻居亲眼见它在撵鸡，把鸡吓得"咯得、咯得"乱叫。大哥把它拴了一段时间。后来，麻狗偷着咬了屈家老表。大哥便用拴麻狗的铁链子禁闭了黄狗，怕下雨淋着，给垒了个窝，是用三个水泥礅支起一个电视锅盖。

父亲骂我母亲不长记性，忘关圈门，又操柴火棍打黄狗。黄狗开始不在意，以为棍子是来撵鸡的，直到背上挨了一下，才明白过来，撒腿便跑。父亲没赶上，就说要打死它除害，我说那是大哥的狗，打死了要赔偿的。父亲回答，那他先赔我的鸡。过了一会儿，黄狗又悄悄回来，卧在麻狗身旁。父亲又要打，我赶紧挥手让它躲开。它还是反应慢了半拍，又挨了一棍子。

当天回了西安，晚上打电话，问那几只鸡的安危。父亲说都回圈了，错怪你妈了。我说，还错怪了黄狗。父亲说："就是，就是，明天给它多喂点饭。"

这原本是要在狗年作的文章，却拖到了猪年，看来我得补补狗性了。

财 喜

大公鸡在雨后的院坝上写着"个"字，字迹粗犷喜庆，踱着方步。它跳上檐坎，发了一回呆，正巧挡着了财喜的路。财喜是大哥年前逮回的狗宝，个头小，银灰色，眼小，嘴短，面冷，不与人亲热。

财喜并不孤单，它与同胞哥一块儿来的。哥哥唤作黄狼，块头大，浅黄色，眼圈大，嘴巴长。4月回来，我给它取名白狼。大哥说："白狼就是白眼狼，咋也不能养个白眼狼哩！"我就给它改了名，以后叫黄狼。它们俩经常轮流啃一块骨头，那个香劲，叫人羡慕，嬉闹时就滚成一个圆球了。

我刚回来那天，包里装着两个吃剩的鸡蛋，它们俩跟我到了屈家湾，我把鸡蛋分给了它们俩，它们俩开始还不知道怎么破壳，我就不耐烦地剥了蛋壳，喂到它们嘴前。它们很是欢喜，第二天，家里煮了鸡蛋，我把自己的那颗分给它们俩一部分。在西安家里，只有我和白菜分吃鸡蛋。我吃鸡清，白菜吃蛋黄，或是从中分开，各自一半。爱人和孩子从不给吃的，爱人只把打开的蛋壳让白菜舔里面的蛋清清。白菜便被惯出了坏毛病：我们吃饭时，它就两腿搭在我的腿上，眼珠不动地盯着，要是不给吃，它先是吱吱叫着，然后用前爪子使劲挠，直到我"屈服"。有时给它喂些，哄进它的"卧室"，它就要反抗，先是趴在地上，再奋力而起，跳起来抓门，弄得门"嘭、嘭"直响。这时我就隔着门大叫："白菜，吃过就行了，咋能不听话呢？"

可能是听懂了话，也可能是意识到自己的力量有限，扑腾两下就收手，安安静静地卧着，等待我们来"解救"它。黄狼和财喜也被我惯了，只要见我端碗，就围在跟前，等着我扔个土豆或者面疙瘩抢着吃。

财喜似乎前世与鸡结下对头，见着大公鸡，就汪汪直叫，似警告，又似进攻，确实不是开玩笑。它会边迈步边叫唤，大公鸡则雄踞不动，头伸着，脖子耸着，居高临下地瞅。财喜冲到跟前，它也不惧，受不住了，才往前过半步，财喜便开始后撤。大公鸡只那么警告一下，就停下来，看着对方表演。财喜又向前冲，几次三番，双方皆失了兴趣，各自散开。只有一次，财喜的鼻子被大公鸡狠狠啄了一下，我听到了"咣"的一声，那是鸡喙与财喜圆溜溜的鼻梁撞击的声音。财喜很顽强，受住了痛，并未惊叫或呻吟。它虽领了教训，依然不断挑战大公鸡。它们的"拉锯战"让我想起白菜和猫咪的战争，白菜小时候受到院子里猫咪的欺负，记住了仇恨。长大后，白菜只要见到猫咪，便冲上去，发出"汪汪汪"的叫声。院子大，野猫多，白菜的叫声到处弥漫。猫咪像院子里的野兔，胆子小得很，只要听到白菜的声音，或见到白菜的身形，便溜进树丛，或匆匆上了树，惹得白菜狂叫不已，却又无可奈何。

野兔永远是胆怯的，视白菜如天兵天将。倒是猫咪中的大个子，并不惧怕白菜。它们和白菜个头相仿，但身形就矫健多了。加之与老虎、狮子同宗，自带了一份荣耀与锋利。

见到白菜追来，它并不跑，只蹲在原地，脊背高高耸起，脖子长毛乍起，两眼直直地瞪着，一动不动。白菜狂叫着，往前冲，它是希望对方逃命的。这样它很有面子，可对方不走，它就怯了，相距丈余，不敢迈步了。只是"汪汪"着虚张声势，往前冲一步，往后退两步，声音也渐渐细而小起来。时常三个回合，白菜便败下阵来，夹着尾巴，灰溜溜到我身边，眼神很恳切，想盼着我出手。往往这时，我就劝解："白菜，你看猫咪没有家，典型的弱势群体，你就不能有点同情悲悯心？"可白菜哪理会这些，依然见了猫就仇恨，就追咬。

看来财喜也是缺乏同情心的，人好斗了不行，一条"汪汪"好斗了也会吃亏的。这样思量了，就想找个时间给财喜开导开导。谁知这样的时机还没来，财喜就闯下大祸。它要是提前晓得这个劫，绝对会与鸡妹妹、鸡弟弟处成铁哥们的。

大约半年后，它把大哥家的一只母鸡咬死了。母鸡下蛋能变钱，虽说狗能看门，但农村人户少了，狗的金贵就不如了鸡。大哥的怨恨和愤怒一下子成了火山，把财喜狠狠揍了一顿。

蚂蚁搬家

有过乡村生活的人都晓得，蚂蚁搬家是咋回事。

蚂蚁是我们老家最常见的昆虫，长得不苗条，头颅硕大，身子细小，腹部憨实，可能是得罪了造物主的缘故吧，硬是给它摊派个缺陷。老家人要是说："这娃长得像只蚂蚁，那就难找对象了。"

正如看人要看长处，对待一只蚂蚁也是这样。蚂蚁的优点多着呢，勤快，团结，勇敢，坚韧，还是大力士，更是天气预报员。路上、地里、院坝、墙角，我们见得最多的，便是这帮不大起眼的蚂蚁朋友。它们成群结伙，觅食、迁徙、分家、战斗，安安静静地忙碌着，不知倦怠，不会偷懒，成为我们的榜样。谁家大人娃子手脚活泛，干活不耍奸溜滑，村人会夸道："你看，这家人勤快得像蚂蚁，怪不得发了！"

和我们人类一样，蚂蚁过着群体生活，自觉进行社会分工，深知团结协作是族群兴旺的法宝。蚁后管生育当统领，雄蚁协助蚁后生儿育女，工蚁造房采食、奉养家庭成员，兵蚁则专心磨砺武器、保卫家园。守规则，讲秩序，懂礼仪，每个成员皆尽着自己那份职责，把大家庭打理得和和美美。

生存是艰难的，要面对缺食少水，要防范敌人侵略，要促进家族繁盛。勇敢和坚韧，便成为它们的必备素养和求生之道。我曾亲眼见到一群蚂蚁，从我家屋角到水井边喝水。对于两条长腿的我而言，就是半支烟的工夫，而对于六条小腿的蚂蚁来说，那是一段极为漫长的路，一段生存与死亡并存的路。它们呈一条线走着，攀过一块石头，翻过一根树枝，越过一道土坎，爬过一个浅坑，一只跟着一只，没有一个掉队的。开始还麻利，渐渐有些力竭，最后靠着生的意志，挪到水井旁，啜汲到甘洌的井水，品尝到甜丝丝的幸福。

　　返回的路上，它们遇到了一个"庞然大物"——一只翠绿的蚂蚱，学名叫蝗虫。它有半拃长，伸着两个长须子，横在路上。这家伙能飞善跳，块头又大，一对长须子锋利似尖刀，素常难有敌手，惯得一副傲慢脾气。此刻，它悠悠闲闲地卧着，享受着午餐后的快乐时光，哪能把这些低贱的蚂蚁放在眼里？

　　一个要回家，一个不让道，这不就僵住了，也把我的目光揪住了。

　　蚂蚁兄弟做出了出乎我意料的决定，它们要与那霸道无理的家伙干一仗，彻底打掉它的嚣张气焰。一只小蚂蚁试探性靠近"巨无霸"，用膝状触角轻轻挨了一下翅膀，就像微风拂动树叶，温柔得很。"巨无霸"身手敏捷，翅膀稍稍翕动了一下，就把蚂蚁震得跌倒下来，脚和肚皮朝了天。就在哨兵试探火力的时候，蚂蚁军团已经想好了策略，布好了口袋阵，从四面八方完成了对"巨无霸"的合围。它们缓慢而坚定地向前推进，伸出细细的触角，向"巨无霸"围去。蚂蚱哪见过这么多黑压压的战士，且不要命。"有时候，尊严比生命还要紧！"它这么想着，愤怒瞬间涌遍全身，攒起的劲儿仿佛能战胜一头牯牛，打算好好教训一番这帮不知天高地厚的蠢货。念头刚刚唤醒，周身痒了起来，也沉重起来。原来，蚂蚁的刀剑刺入它坚硬的躯体，好些还正往它身上爬。翅膀扇动着，身子狂扭着，大须子乱抢着，却挡不住蚂蚁们的攻击。

　　"虎落平阳被犬欺，这话真是不假啊"，"巨无霸"思量着，"君子报仇，十年也不晚哩！还有三十六计，叫啥……"它是顾不得想了，狠劲地翻动了几下身子，把这些"敌人"抖落下来，然后张开翅膀，扑棱棱飞走了。

　　小时候大人上工干活儿，收柴火打猪草的活儿就落到我们身上。家中姊妹六个，我排行第五，年纪小，力气弱。每天傍晚扛一小捆柴，或背一小背笼猪草回来。哥哥们会说："妈，你看，长青才拾掇那么点儿，不够他的饭食钱哩！"母亲总是平平静静地回答："人小嘛，慢慢来，蚂蚁能搬走泰山哩，还不是日积月累的缘故……"

我从母亲嘴里知道了蚂蚁的不凡和气力，戴个大力士的帽儿也不过分。有天晌午，我圪蹴在院坝里吃饭，一粒米从碗里撒出来，落到地上，没被狗发觉，就成了蚂蚁们的美餐。一只蚂蚁恰巧路过，觅见了。蚂蚁极小，身量与那米粒相差好几倍。可它不惧，毅然将头伸到米粒下方，慢慢往前推送。起初米粒稳稳地瓷在坡上，毫不动弹。小蚂蚁不气馁，后退几步，猛冲过来，用长须子扶着，用头顶着。米粒终于微微晃动了一下，朝前倾了一点点。蚂蚁得到了鼓舞，小小身躯里发出大大的气力，推着米粒翻了个筋斗。它随之跌了过去，又调转头，匆匆绕到米粒背后，又使出刚才的招数，将米粒推个翻身。几个回合下来，小蚂蚁有些力不从心了。它想歇会儿，喘口气，心却放不下来，四处打量，防止被打劫。终是路过的兄弟回家报了信，来了一群伙伴，推的推，掀的掀，将美味弄进了家里。想着它们快快乐乐地享受，我是开心地笑了。

通常蚂蚁的作为是为了自身，可它能预见晴雨，做了名实相符的天气预报员，利了自己，也帮了我们。

那时候没有广播电视，无法得知天气变化，父辈们从云彩、蚂蚁、竹鸡身上知悉老天爷那张脸是晴还是雨。夏秋时节，每当傍晚蚂蚁携家带口从低处向高处搬家时，过不了一两天准会下雨。谁也说不出个道道来，只是蚂蚁那样做了，雨就跟着来了。我们就惊奇蚂蚁的神奇伟力，随时随地留意着它们的一举一动。后来才知道，"搬家"行为往往牵连着蚂蚁觅食、迁徙、分巢，只是感知下雨尚无确凿的科学证据。可老家人不在乎这些，只感激着蚂蚁们的尽责，从未让他们失望过。

　　我们那里的蚂蚁个头小，却有一种黑蚂蚁，是普通蚂蚁的三倍长，那对膝状须子就是一对钳子，能夹人，生疼生疼的。可能是七岁时的事吧，那个夏天的午后，跟着母亲到山梁那边去放牛。邻居家小男孩大概四岁，见牛从他家院坝过，嚷嚷着也要跟着去，便叫母亲捎带了。牛儿欢快地吃草，母亲忙着摘猪菜，我和那小男孩坐在草地上玩，不经意地看见旁边不远处有窝大黑蚂蚁，在洞口处进进出出，互相嗅闻着打招呼。

　　明白这是那夹人的蚂蚁，便故意对小男孩说："我们逮些蚂蚁玩玩，你先弄一只……"小男孩啥也不懂，上前伸手抓了一只。蚂蚁的身子悬了空，着了急，用长须子夹住了小男孩的右手大拇指，留下两个针尖大的红疙瘩，痛得他大叫一声，狠着劲甩了一下手，把蚂蚁弹了出去，落到地上，跑了。

　　母亲闻讯赶来，一边说："不痛的，不痛的……"一边吐口唾液在那疙瘩上，食指轻轻抚摸"伤处"。"你哄人家碎娃干啥哩，以后再这样，不把你的耳朵拧掉才怪……"母亲不是嘴上说说而已，真的拧了我的耳朵，火辣辣地痛。小男孩抽泣着，像是家里那头大牯牛反刍，好一会儿，才停了下来。

　　突然，母亲发现那窝黑蚂蚁在忙着搬家，说了一句："蚂蚁垒窝，大雨成河。要下雨了，赶紧回家。"便牵着牛儿，领着我和小男孩往回走，刚走到小男孩家门口附近，天就下起雨来。

　　多年后，当我和这个玩伴聊起往事时，他笑着回答："要不是夹那一下，我还认不得黑蚂蚁哩！妹妹那时淘得很，我拿它夹了一次她的手，痛得她哭了半天。'再不听话，黑蚂蚁就来了，妹妹吓得躲进我怀里……'"话未落音，他很得意地笑了。玩伴也四十出头了，常年在外打工，边幅也不修，笑时一撮胡子跟着一翘一翘的，酷似一只大黑蚂蚁。我想起鲁迅的散文《风筝》，迅哥儿最后的沉重，我倒没有，实在幸运极了。

　　看过蒋子丹《一只蚂蚁领着我走》，牵引出好多感触，便觉得这辈子跟着一只蚂蚁走，或许比跟着一个人行，更可靠些。

鸟　伴

岳母家院落大，树多，招徕不少鸟儿，常在此栖居的是一群麻雀，约有三十来只。

我是那年秋天到皇甫庄的。好长一段时间，我并没在意这些家伙。引起我注意的是这样一件事：院子正房的檐坎上放着个簸篮，里边装满米糠，奇怪的是这些米糠一天天地减少着。等我发现时，米糠只剩下不到一半了。惊奇地询问岳母，岳母说是雀儿吃了。我就说咋不把它收拾起来，让麻雀糟蹋怪可惜的。岳母回答不碍事的，冬天到了雀儿寻食难，这些糠是专门为它们做口粮的。

岳母对麻雀们很温情友好，亲切地称为"雀儿"。有这样一件事能提供佐证：楼房右山墙与土坎间有条尺把宽的夹缝，其间散乱地堆满柴草，柴已腐朽，上面爬满青藤。岳母家做饭用的是麦秆，很费事，我曾建议用那些朽柴作燃料，岳母说那是专供雀儿歇息的，万万动不得。

我在西安上班，平时不回岳母家。双休日一定得回去，看看两位老人，享受一番乡村的恬然宁静，消除疲劳，怡神养性。这样，麻雀变成了我的伙伴。看书写作累了时，要么踱出房子看它们嬉戏表演，要么就干脆坐着，静听雀们缠绵私语。

这些褐色的小精灵活跃得很。一天到晚上树梢、房顶、院落觅食嬉戏追逐打闹，上蹿下跳，飞来飞去，还"叽叽叽——喳喳喳"地叫着，很少有歇息的时候。我曾特别留意过它们觅食时的情形：装着米糠的家什摆在檐坎的时候，雀们常常趁人不在或不注意时，集体行动，偷吃米糠。它们的行动谨慎诡秘，生怕出什么闪失。先歇在那棵枣树上叽叽喳喳一通，好像在确定作战方案。枣树高大，距目标最近，便于观察出击和撤离躲藏。接着，晃动着圆圆的栗褐色脑袋，左瞧瞧右望望，侦察是否有"危险"。之后，就有一只麻雀"呼"的一声，迅速地扎向目标，迫不及待地啄起来。其余的发现同伴没有危险，这才争先恐后地扎下来，开始它们的美食。它们吃得很警觉，若有一点响动，哪怕极细微，立刻扑棱棱地腾空而起。

我喜欢听雀儿们鸣唱。它们的叫声很有规律，总是在每天早上东方既白时分。清晨的歌声常常吵醒我，我不烦不厌不恼。这时，透过窗户朦胧的曙色，瞅它们娇小轻捷欢快跳跃的身影，常常便能生出一种莫名其妙的激动与亢奋，期冀着这一天能干成自己渴望已久而未干成的事。雀儿们的鸣声也多有变化，如清晨声音清脆洪亮，下午低沉嘶哑；夫妻调情时急骤短促，母亲唤子时悠长温和；觅食时轻快欢悦，受惊时凄厉哀怨。

我终于发现有几只麻雀很胆大，它们竟敢趁我不留意时偷偷贴到窗口，头转过来扭过去，小小的眼睛滴溜溜直转，好奇地打量我，"叽叽——喳喳——"个不停。我突发奇想，拿个装着谷物的小木桶放在桌边。我撒了些谷物在地上，又打开窗子，想让它们进来。哪知雀儿这时又胆小得很，只在窗前飞来跳去，怎么也不进来。我掩上门出去，它们还是不光顾。我不死心，每天坚持这样做，或许是我的举动感动了它们，或许是它们挡不住诱惑，后来它们开始跳进屋子，小心翼翼地侦察一番，然后张着尖利的喙啄起来。一片细微纷乱的沙沙声传出来。其实，我没有走远，正趴在门外偷听呢。

当我推门进来，它们立刻争先恐后地挤出窗子。我只好给它们撒上食，然后轻轻地走出去。开始时得把房门关上才敢进来，后来雀儿胆子大起来，不用关门也敢进来做客。于是，干脆坐着不动，斜睨着窗子注意它们的动向。它们发现我后，很警觉地在窗前徘徊，有时用利爪抓住窗框斜着身子瞅我，叽叽地叫着，似乎在商议对策。每逢这时，我尽量端坐不动，连任何轻微的声音也不发出，忐忑不安地等待着奇迹的出现。人和鸟就这样相持了两个多月，最后是我胜利了。它们终于失去耐心，开始进来觅食。我仍然不敢动，只要头转一下或弄出点响声，它们就飞走了。我只好更加耐心地等待，坚信我和它们会成为好朋友的。慢慢地，它们好像察觉到了我的友善，不再惧怕了。只要我的动作幅度或弄出的声音不是太大，它们也就不管不顾照吃不误，甚至还歪着小脑袋，调皮地打量我。

　　每每这时，我的脸上便荡漾起舒心轻松的微笑，轻轻地对老朋友说："吃吧，吃吧，放心地吃吧！"

鸦鹊子

院坝边丝棉树上喳喳着一对喜鹊，母亲眉里眼里笑着自语："鸦鹊子叫唤，家里要来客了……"

喜鹊是老家最常见的鸟，也是最受待见的，整天唱歌聊天，说情话，没人烦它——它是在给我们报喜呢。人世间悲愁事多，听听喜鹊拉话，心里像是水洗后晒干的蓝缎子，平展展的，熨帖得很。老家人嘴软和，把亲友熟人不唤大名，喜鹊是我们的好朋友，便得个小名"鸦鹊子"，不生分，还亲切。

我们是反感了生活中以貌取人的，可这却般配了鸦鹊子。你看它浑身黑，黑头，黑脸，黑身子，黑尾巴，黑腿腿。猛一打眼，以为它是长过头的乌鸦或八哥。细瞅才觉出它是故意把衣服"裁剪"成这样，还在翅膀和腹部处"缝"着一片白条绒，又从翅膀末端斜着"绣"出一缕粗粗细细的黑呢子，像是蘸满墨汁的毛笔，锋尖触到颈下黑衣。这打扮酷似古时主持红白事儿的知客。

与知客又有不同，它只帮主家打理喜事，不承揽丧事。人间喜事就多了：新房建起，它报喜；亲戚上门，它报喜；结婚嫁女，它报喜；生子添丁，它报喜；老人贺寿，它报喜；考学升迁，它报喜；发了大财，它报喜；家猪下了崽崽，它也报喜……据说它最后一次报喜是在生命走到尽头前，向人们做最后诀别，告诉人们它再不能报喜了。我们那儿把为无疾而终的老人所办的丧事，称喜丧，要办得红火热闹才好。鸦鹊子，真是报了一辈子喜事啊。

小时候家里穷，时常吃不饱，就盼着亲戚上门，母亲煮肉待客，我们跟着沾些光，滋润一下嘴巴。天天留意树上的鸦鹊子，只要它像邻里女娃那张甜嘴，开始了喳喳，就飞跑向母亲"报喜"："妈，鸦鹊子叫呢，家里要来客了，你还不赶紧煮肉……""馋嘴猫，急啥哩，等客来了，才晓得是杀鸡还是炖肉……"母亲懂得我们的心思，故意慢悠悠地回答。鸡下蛋，能变钱，是个银行呢，就比猪肉金贵，只有来了最亲近的或最要紧的客，母亲才逮个鸡，提着鸡头，用刀锯鸡脖子，嘴里念念着："鸡，鸡，一道菜，早死早托生呀……"鸡翅膀扑腾，两腿乱弹，嘴里含糊出"咯啊——咯啊——"的嘶叫，悲凉如深秋的寒风。鸦鹊子嗅到了，立即闭了嘴，呆呆地立在枝头，沉默得哑巴了。

想起大学毕业留了校，当时西安城里树少草稀，没有喜鹊，连个麻雀都少见。妻子生儿子前两天，是个阴天，早晨我到办公室看书，突然听见两声"喳喳……喳喳……"循声望去，窗外那棵壮实的梧桐树上，两只鸦鹊子在对歌，跃上这个枝头，落在那个枝间，嗓音清亮，鲜嫩得像刚抽出芽的水芹菜。"城里哪能见到鸦鹊子的面，今儿咋来了？一定有喜事了……"这么想着收拾了书，急急下楼回到对面家属楼房子，跟妻子说了，她也很好奇，言语了好一阵，就不知是啥"好事"。谁知当天晚上妻子腹痛去了医院，第三天就生了，儿子七斤二两重。我对鸦鹊子的感激，犹如秋天成熟的果子，坠得枝头沉甸甸的。

鸦鹊子身上有两个谜，像是一团麻，没让我理个清晰。鸦鹊子是常住户，没有冬去春来的喜好，整年整天地和我们打着照面，比猫咪还忠诚得多。老家那只母猫，春里发情时，几天几天地不落屋，魂不守舍的，高兴得把老鼠叼到楼上摆宴席。独有七月初七这天，鸦鹊子全体失了踪，不闻声音，不见影子。我们就问奶奶，她回答："它们上了天河，一个叼着一个脖子搭成一座桥，织女从河这边走，牛郎从河那边走，走到桥中间，就手拉手，说一夜的话，天亮前分了手，各自回到天河两岸，又盼着来年七夕相会。鸦鹊子搭了一夜桥，脖子上的毛都没了……""为啥没毛了？"我们免不了要问。"嘴叼着几根羽毛，时间长了，羽毛扯掉了，它们就要再叼羽毛，一宿下来，脖子上的毛被撕光了。""那它疼不？""咋不疼呢？可做好事，咋能不吃点亏？鸦鹊子热心得很，乐意做善事哩……"

鸦鹊子得到很多人的喜爱，有一类人要除外，那便是尖酸刻薄者，他们待人接物，往往丢凉腔指缺陷，比如一个鸡蛋光光滑滑的，他们总要说上面有纹路。谈及鸦鹊子，他们评说此鸟报喜不报忧。我就忍不住要替它们打抱不平，说点公道话。鸦鹊子报喜是本能，是天性，它们爱美，看到的皆是美丽的，就讲了出来。和某类人完全相异，他们只告喜，不言忧，有的看不到，有的甚至把忧当喜，给了人假象，有意无意地害了人，误了事。前者是正人君子，后者便是小人无赖了。

文章没写完，鸦鹊子还在喳喳……

蛙 院

"呱呱——呱呱——","格哇——格哇——"每到黄昏，院子里便想起青蛙的大合唱，非常守时。

岳母家院子里生活着好多青蛙。惊蛰过后的一个下午，我在院子里转悠，突然发现旁边的土坎上有个拳头大的小洞，里面蹲着个黄褐色的家伙。它抬起阔达的脑袋，睁着惺忪的眼睛，左瞅瞅右望望，惊疑地打量着这个陌生而又熟悉的世界。过了一会儿，它毅然纵身一跃，跳出洞，弹到地上。接着，又有几只从洞里跳出来，蹦到院子里。它们跳过来，蹦过去，像演木偶戏似的。

这些青蛙大如拳头，小的刚刚出世，仅如小拇指盖大。它们是天气变化的"晴雨表"，活动极有规律。春天以后，每到傍晚，或是天气变化的时候，纷纷从洞里出来，在院子里乱爬乱跳。有时候还会跳到你脚上来，吓人一大跳呢。人走路时就得格外留心，生怕踩着了。我曾粗略地计算过，生活在这个院子里的"蛙族"大约有三十来只。我笑说："咱们能叫蛙院喽。"全家人赞同。

先前院子里没蛙。岳母说院子大，有些声音好。岳母爱蛙，岳父便从河滩捉回两只青蛙，放进院子里的池塘。池塘在院子内左侧，曾是沤粪的池子，岳父把它清理后换上净水，便成了青蛙的栖息所。没想到被岳父捉回的竟是夫妻俩，第二年添丁，子又生孙，便有现在这等规模。岳母家院落大，地势低，终年潮湿，院内有树木、菜地和池塘。这一切都有利于青蛙的生存繁衍。

岳母家人爱蛙，很有名。前几年有个蛙贩子到村里收蛙，三番五次上门求购。贩子见蛙们体态壮硕，又好捕捉，愿掏大价钱，遭拒绝。贩子不死心，托人圆说。岳父大怒，厉声说："知道不？蛙是我们家的成员呢，你们做梦去……"

还有一次，邻居腿上生出来个肿块，吃药久治不愈，听说青蛙能治此病，就前来借蛙。那人吭哧半天才说明事由。岳父笑着说："没麻达，但一定得还回来。"他在群蛙里挑来捡拣去，最后选中一只最大的，又在蛙背上写个蝇头小楷，才让邻居带走。

当天下午，院子里有一只青蛙开始大声叫唤，声音哀怨凄切。岳母说准是蛙想妈了，把它也送去吧。岳父给这蛙也写上字才送去。

蛙们的叫声，像击锣打鼓，又似筛豆子，密集、响亮、清脆，通宵达旦，不知疲倦。有天下午，我出于好奇，想看看它们是如何鸣唱的，遂盯着一只硕大的青蛙。起初，它趴在洞里，身体紧贴着地面，懒洋洋的。过了一会儿，它身子猛地一弹，前腿迅疾撑起，眼睛暴突，嘴巴大张，"格哇——"第一声显得有些踌躇羞涩，接下来便激越清亮多了。它不停地叫着，背部隆起，颈颚处的白色气囊一张一缩，伸缩有致。

第二天，天刚亮，我又来到洞前，发现它已停止鸣唱，趴在里面，四条腿直直地伸着，那样子像是死了。我暗自悲叹时，却意外发现它的背部还在蠕动，只是极其微弱——它是在消除疲累、积蓄新的力量呢。

青蛙，真正的歌手！

鸟 葬

我还在上大学时，曾在老家见到一只鹰追击鸟儿，把它啄死了，我们刨了个坑，把鸟儿埋了。

那年腊月二十六傍晚，我和外甥小龙到他家去，快到他家旁边那个山湾湾时，几乎同时听到一声声尖厉悲伤、疲惫绝望的哀鸣："嘎——嘎——"一只像是乌鸦的鸟儿迅疾地从背后山头扎来，一边飞一边痛哭。觉得惊奇，忍不住抬头望去，那只鸟身后跟着恶魔——一只身形矫健更加迅疾的老鹰。鹰一会儿尾随身后，一会儿凌空跃到身上，时而挥动一双利爪抓去，时而用整个身体压下来。鹰个子大，操着利喙，挥着钢爪，鸟儿个头小，喙软爪钝，根本不敢接招，只有逃跑的命，可上苍留给它的时间很少了。它的哀号，救不了自己，只是给其他小动物提了醒，报了警，算是尽到了最后一点职责。

它受伤的地方钻心地痛，力气耗尽了，曾经有力的翅膀划不动了，身子越发沉重起来。像是大风刮倒枯树，它一下子划过头顶，向着路下河沟坠去。六岁的小龙最先明白过来，大叫一声："老鹰啄小鸟哩，舅，咱们快去救救——"说着话，他已翻身跳下土坎，我们连滚带爬地来到河边。

鸟儿身子浸在浅浅的河水里，已不颤抖，尖尖的舌头长长地吊出来，头上一小撮羽毛染成了红色，往外冒着血，眼睛闭得严严实实。鹰是冲下来的，见到人，只得放弃到嘴的美味，无奈地飞起来，咒骂着，背着愤怒走了。

我把鸟儿小心地从水里抱出来，捧在手中，细细打量。它太像乌鸦了，个头相似，全身油黑，和母亲养的猪一个色，但区别很快被我琢磨出来。它的黑衣服上涂一层暗蓝色金属光泽，翅膀和尾巴闪着绿色光芒。嘴形细长弯曲，与爪子一道抹着朱红颜料。

小龙伤心地蹲在地上，责怪我为啥不快点下来。天近黄昏，我劝他赶紧回家，他说不急，用一块薄石片在岸边泥土里刨着，说要把鸟儿埋起来，免得鹰再溜回来。我也折了根树枝，加入进来，挖了个一拃深的坑，将鸟儿放进去，填上土。小龙用脚踩结实，搬块石板压在上面。

这事过去多年了，我却一直挂在心头，生出许多思绪。鹰居食物链顶端，以吃肉为生，自然界自有其安排，我们是管了闲事，让鹰饿了肚子。但给死去的鸟儿一点温暖，也是我们该尽的义务。

近来在老家，有天傍晚看见大门墩旁的门墙上一只蜘蛛，围剿一只屁斑虫——又叫放屁虫，学名蜣螂——它在屁斑虫身边转圈子，把银灰色黏濡的细丝一圈圈缠在对方腿上。屁斑虫突然觉得腿脚有点不灵便，好像被绑住似的，没了往日的灵活，它是惊出了一身冷汗，顿感情况不妙，赶紧抽身而走，往墙上爬去。蜘蛛的个头比它小，但跑得快，很快截住，再次带着"绳子"绕圈子。屁斑虫也不示弱，带着绑绳奔跑，绳子捆扎得越来越紧，它跑不动了，但还在坚持。最致命的绑索来了，蜘蛛从屁斑虫背上爬过去，再爬回来，连续着这个动作，把屁斑虫网得结结实实，捆得死死的。等到屁斑虫咽气，蜘蛛已累得腿脚酸软，只剩下出的气了，它缓慢地离开，挪步到了门墩角落的洞口，艰难地蠕动进去。

这是它们之间的事，我没有搅和，只是静静地观摩了战斗。等我再来看时，屁斑虫消失了，门墩上落下几个细小的腿，散乱地摊着——蜘蛛是享受了晚餐，回家里乐呵去了。

我硬是忍着，没有干预蜘蛛捕猎的事，因为有那次鹰抓鸟带来的警示。

我一直没搞明白那只相貌好看的鸟儿的名字，刚刚查了资料，知是红嘴山鸦。它有好几个称谓：山乌、红嘴鸦、红嘴燕、山老鸦、红嘴乌鸦、红嘴老鸦、长嘴山鸦。它在我们那里很稀罕，我也只见过那一次。

黄鼠狼之殇

　　黄鼠狼咬伤父亲养的鸡，被大哥安的铁夹子送了命，死得确实有些冤。

　　两年前秋天的一个傍晚，我给老父亲打电话，不知怎么的，提到家里的鸡。父亲说，昨晚一只黄鼠狼钻进鸡圈，把鸡咬伤了。天擦黑不久，父亲听到鸡们死命叫唤，马上意识到是野物找上门了。随手操个木棍，一边大声吆喝，一边奔向鸡舍。刚到跟前，就见一个黑乎乎、尺多长的家伙从圈门下冒出来，折转身，沿着圈舍边小路冲进苞谷地。父亲喊来我大哥，打开圈门，用手电一照，那五只鸡紧紧挨着，挤成了疙瘩，"咯咯咯"叫着，绝望着惊慌着。最外边一只母鸡腿上滴着血，哆嗦得厉害。大哥抓起鸡，用电光对着伤腿，一口断定是黄鼠狼干的。

　　父亲说，黄鼠狼是从圈门下的缝隙溜进来的。鸡圈是用酒盅粗的木棒扎下的，用久了，会松动或腐烂，空隙就来了。我赶忙说，赶紧用石头塞住，免得它再来。父亲回答，塞它干啥，你大哥在那儿安了夹子，就等它来呢。

　　我忙说，黄鼠狼也是一条命，咱们把鸡圈扎牢，让它进不去就行啦，何必要下狠手。父亲说，不把它收拾了，早晚会来祸害的，那家伙身子细得很，有个小洞洞都能钻进去，没法防的。

　　黄鼠狼，戴黄帽，穿黄衣黄裤，学名黄鼬，异名鼬鼠、鼠狼、地猴、狼猫。食肉目里的小伙伴，餐盘里摆着老鼠、麻雀、蜈蚣、蝗虫，不是偷鸡惯犯，饿极了才冒险摸进鸡笼尝个鲜。据说，黄鼠狼偷鸡的手法高明，鸡比它重得多，不可能驮着或拖着走。它会悄悄摸进鸡圈，鸡们受惊胡窜，叽叽嘎嘎乱嚷，它瞅准那最肥硕的，轻巧地爬上背，用嘴咬住对方脖子，防其呼救，再用尾巴一下下地抽打。鸡吓破了胆，便做了勒紧"缰绳"的马儿，乖乖听从"指挥"，驮着"主人"走。到了野外，黄鼠狼开始享受大餐，毫不犹豫地将鸡咬死，有滋有味地喝光血，一小块一小块地吃完肉，这才舒舒服服地睡起大觉。我看过资料，狼也是用类似手法偷吃农家猪的。

动物的生存智慧让我们惊叹，它们各有各的招数。非洲野牛靠犄角和蹄子，狮子依赖速度和牙齿，箭猪、刺猬凭借尖利的刺。黄鼠狼的秘籍是什么？倘若敌人袭击、危险迫近，它会不慌不忙从肛门内侧腺囊排出一股气，奇臭，熏得敌人头晕呕吐。它却得意着，不屑着，从从容容地走了。等到对方清醒过来，像是午觉睡过头的孩子，已是茫茫然一片，由着挫败感一次次击打自己。身揣这等绝技的，还有狐狸、戴胜。狐狸的尾下有个臭腺，危急时刻，会从里面放出极端难闻的"胡骚臭"，熏得敌人乱了方寸。

过了两天再打电话，父亲说，黄鼠狼给夹住了。我急问，那咋办了？父亲说，你大哥几棍子把它打死埋了，气味臭得人受不了，挖坑深埋了。

这个时候说啥也没用，我清楚黄鼠狼的名声不好，"黄鼠狼给鸡拜年——没安好心"。老家人都知道的，还会随时引用，成为它挨揍、丧命的缘由。

黄鼠狼叼鸡打牙祭，只是偶尔的无奈举动，更多是拿老鼠、蝗虫填肚皮，这是替农民清理庄稼害物。黄鼠狼可谓捕鼠高手，一只黄鼠狼一年可消灭三四百只老鼠，而这些老鼠能糟蹋掉一吨粮食。换句话说，每只黄鼠狼每年可为农民多打一吨粮食。不过在老家人心里，鸡的地位高，要么宰杀招待贵客，要么变卖鸡蛋换个零花钱。父亲过日子很俭省，把钱看得重，鸡被祸害了，老人家会心痛几天的。黄鼠狼帮了大伙儿的忙，没人领情。一旦吃了鸡，便有人出来寻仇。人们是漠视了它的大功劳，放大了它的小过错啊。一点不好，就掩盖了所有好处。

这个黄鼠狼看到了，却说不出来，没有辩理的机缘。冤屈一代代承继下来，严重损坏了它们的声誉。

直到盛文强先生文章的出现，才算是挽回了它们的一点点面子。《黄鼠狼的崇拜堪称一种"拟人的宗教"》刊登于《北京晚报》，甚是有味。文章说，黄鼠狼早就进入古人的视野，但形象不佳，常与人作怪。明代陆粲《庚巳编》讲它捣乱，蒲松龄《捉狐》传它"大如猫，黄毛碧嘴"惑人。黄鼠狼的身份巨变恐怕连它自己都没想到，有一天竟然由被人唾弃的妖精摇身为"拟人的宗教"与崇拜对象。周作人认为，黄鼠狼是"东北亚地区萨满教的支脉，是'自然崇拜'与'动物崇拜'的余絮"。盛先生的断语最有意思：黄鼠狼处于中国神仙谱系的最底层，与那些高高在上的满天神佛相比，它与百姓的距离可能是最近的。

我欢喜地读到法国作家儒勒·列那尔眼里的黄鼠狼，它是那么优雅从容，没有一点负累与胆怯："清贫但是干干净净，雅致，她轻盈地跳跃着，在路上一会儿过来一会儿过去，她从一道壕沟到另一道壕沟，从一个洞到另一个洞，总要打上一点标记。"

我就想，要是这只黄鼠狼偷吃了列那尔家的鸡，满足了嗜血的本性，他还会这么落笔吗？

这几天住在老家读书写作，又问起黄鼠狼，父亲说，打那以后再也没见到。像是水桶滑脱进井，手中只牵着一截绳子，心里顿时空落落的。